숲속 성자들

숲속 성자들

경전 속 동물 마음 엿보기

이미령 지음

담앤북스

김용섭에게…

서문

내 동물 친구
방울이와 밤비를 생각하며

어떤 사람이 시장에 나갔다가 자라 한 마리가 팔려 나온 것을 보고 마음이 아팠습니다.

"이 자라, 사고 싶은데 얼마입니까?"

이 사람의 표정을 읽은 자라 장수가 옳거니 하면서 어마어마한 액수를 불렀습니다. 고작 자라 한 마리인데 집 몇 채는 살 만한 거액이었지요. 그런데 이 사람은 흔쾌히 값을 치렀고 자라를 사서 이내 물에 놓아주었습니다. 자라는 남자의 마음을 아는지 금세 떠나지 않고 그 자리에서 맴을 돌고 이런저런 몸짓을 취한 뒤에 떠나갔습니다.

어느 날 밤, 깊이 잠든 시각에 누군가가 문을 긁었습니다. 남자가 열어 보았더니 며칠 전 자신이 시장에서 사서 방생해 준 자라였습니다.

"이제 곧 큰 홍수가 일어날 것입니다. 하루라도 빨리 배를 점검하십시오. 임박해서 다시 찾아오겠습니다."

자신을 살려 준 사람의 은혜에 보답할 길은 그의 생명을 지켜 주는 일밖에 없음을 자라는 알고 있었던 거지요. 마침내 때가 되어 자라가 찾아왔습니다.

"서두르십시오. 빨리 배에 오르세요."

자라의 재촉에 남자도 부리나케 배에 올라 물이 넘치기 전에 강을 타고 내려갔습니다. 그런데 뱀 한 마리가 배를 향해 헤엄쳐 왔습니다. 남자가 뱀을 건져 올리자고 말하니 자라는 흔쾌히 동의했습니다.

곧이어 여우 한 마리도 물에 떠내려왔습니다. 남자는 여우도 건져 주자고 했고 자라 역시 좋다고 했지요. 그런데 조금 더 내려가는데 어떤 사람이 물에 떠내려가면서 하늘을 향해 울부짖고 있었습니다.

"오, 제발, 하늘이시여. 제 목숨을 구해 주십시오."

이 모습을 본 남자가 말했습니다.

"저 사람도 구해 줘야겠다."

그런데 자라가 말했습니다.

"제발 부탁이니 사람은 건져 주지 마십시오. 사람이란 거짓이 많아 끝내 믿을 것이 못 됩니다. 은혜를 저버리고 배반하고 세력을 따라다니며 흉한 짓 하기 일쑤요, 우정을 어기고 반역하기를 밥 먹듯 하는 존재이기 때문입니다."

하지만 동물들은 다 건져 주면서 같은 사람을 건져 주지 않는다는 건 말이 되지 않는다고 여긴 남자는 그를 구해 주었고, 그 모습을 본 자라가 속으로 개탄하였지요.

'곧 후회할 일이 생기겠구나.'

《육도집경》 속 이야기입니다.

뒷이야기는 짐작하시겠지요? 뱀도 여우도 제 목숨 살려 준 사람에게 은혜를 갚았는데 사람은 은혜를 갚기는커녕 오히려 그를 모함해서 죽음에 이르게 했습니다.

경전에서는 동물의 세상을 축생계라고 하여, 세 가지 악한 길(삼악도)에 넣고 있습니다. 못된 짓을 많이 하면 괴로운 동물의 몸을 받고 태어난다는 뜻이지요. 하지만 가볍게 주변을 살펴봐도 세상에서 가장 나쁜 짓을 많이 하고 배반하고 살생을 일삼는 것은 사람입니다. 동물은 제 한 끼를 위해 산 짐승을 해치지만, 사람은 이미 배불리 먹었고 냉장고에도 가득 쌓아 놓았으면서도 쉬지 않고 동물을 죽이고 또 죽입니다. 보기 싫어서 죽이고, 미워서 죽이고, 홧김에 죽이고, 그냥 죽이기도 합니다. 그러니 사람끼리의 배신은 말할 것도 없습니다.

하지만 사람은 무엇인가를 인지하고 미루어 짐작하고 앞날을 내다보고 반성하고 더 나아지려고 노력합니다. 어쩌면 이것이 동물과 다른 딱 한 가지 차이점일지도 모르겠네요.

경전에는 숱한 동물이 나오지만 불교는 동물을 말하는 종교가 아닙니다. 동물에 빗대어 사람을 말하는 종교입니다. 좀 더 친근하게 설명하기 위해 동물을 비유로 쓰기도 하고, 동물의 입을 빌려 사람의 어리석음을 꼬집기도 합니다. 그러나 동물 이야기는 때때로 아이들이나 읽는 동화라 여겨져 가볍게 지나치기도 합니다.

그런 가운데 동물에 관한 글을 연재해 보지 않겠느냐는 제안을 '월간 금강' 측으로부터 받았을 때 반갑기도 하고 곤란하기도 했습니다. 빤한 이야기밖에는 쓸 것이 없을 것 같았고, 동물 전문가도 아닌 데다 인도의 옛 문헌이나 불교 책들을 다 뒤져서 눈이 번쩍 뜨일 만한 신화적인 이야기를 끌어낼 능력도 없기 때문이었지요.

하지만 망설임도 딱 3초. 역시나 나는 글 청탁과 관련해서 일단 "좋습니다!"라고 외치고 봅니다. 왜냐면 경전을 가지고 글을 쓰는 일은 말할 수 없이 흥미롭기 때문입니다. 빤히 알고 있던 이야기도 그때의 상황에 따라 전혀 다른 메시지로 읽히기도 하고, 뜻밖의 인물이 주인공이 되어 내 앞에 나타나기도 하기 때문입니다.

귀여운 동물도 있고 사나운 동물도 있고 징그러운 동물도 있지만, 동물은 동물일 뿐. 그들을 통해서 불교는 자꾸 사람들에게 무엇인가를 들려주려 하고 있습니다. 그러니 이 책은 엄밀하게 말하자면 '동물은 그저 거들 뿐'인 것이요, 붓다가 사람에게 들려주는 이야기 모음집이라 하겠습니다.

우리는 모두 전생에 동물이었던 적이 있습니다. 지금의 동물들은 모두 전생에 인간이었던 적이 있습니다. 난 그렇게 믿고 있습니다. 사람에게 실망해서 웅크리고 있을 때 위안을 주었던 친구는 나의 개 방울이와 밤비였지요. 다가와서 나를 건드려 보고 내 얼굴을 살피더니 자기 장난감을 물고 와 내 발등에 던져 주며 꼬리를 흔들면서 뒷걸음을 쳤거든요. 그 모습은 마치 “이봐, 친구! 나하고 놀자. 네가 그러고 있으니까 내 맘이 아프잖아. 슬퍼하는 건 내일 하란 말이야.” 하는 거 같았고, 나는 슬프고 괴로웠던 일을 잊고 개들과 공을 던지며 놀았습니다.

그럴 때마다 동물의 존재, 동물의 힘을 인식하게 되었고 동물은 생각보다 더 많은 것을 사람과 공유하고 있고, 어떤 면에서는 사람보다 더 현자 같다는 생각을 자주 했습니다. 그 생각을 쭉 지닌 채 글을 썼고, 이제 여러분 앞에 한 권의 책으로 선보이게 되었네요.

‘월간 금강’의 윤완수 국장님, 이강식 부장님께 진심으로 감사의 인사 드립니다. 늘 제게 뜻밖의 주제를 들이밀며 한번 써 보지 않겠느냐고 제안을 해 주셔서요. 제안을 받을 땐 즐겁지만 글을 쓸 땐 고생스럽고, 마감에 번번이 늦어서 미안해지고, 온갖 감정을 다 느끼며 삽니다. 글을 쓰는 동안 스스로 참 재미있었기에 단행본으로 예쁘게 엮었으면 좋겠다고 내심 바라고 있던 차에 그런 내 마음을 어떻게 알았는지 담앤북스의 여수령 편집부장께서 연락을 주셨습니다. 모든 인연께 고맙습니다.

이미령 두 손 모읍고

I

작고 여린, 그래서 아름다운

II

지금 당신 옆의 따뜻한 생명들

그렇게만 보지 말아요

동물, 그 이상의 존재

I
작고 여린, 그래서 아름다운

작고 여린 생명은 존재 자체가 보잘것없다 여겨지곤 합니다.
하지만 우리는 저마다 오직 하나뿐인 목숨을 가지고 있고,
그 목숨의 무게는 모두 평등합니다. 왕이라 할지라도요.

새

작고 힘없는 '을'들을 위해

돌아가 쉬라 새여

훗날의 아름다운 하늘 속으로

네 지나간 자리엔

감꽃 하나 지지 않았으니

김사인 '새' 중에서

보잘것없는 존재의 목숨 무게

나는 광활한 하늘을 거침없이 날아다니는 자유로운 새입니다. 우리는 작고 가볍습니다. 두 날개만으로 멀리 날아가야 하니 몸집이 크거나 살이 찌면 곤란합니다. 그렇다고 모든 새가 다 작고 여리지는 않습니다. 작은 꽃 속을 드나들어도 꽃잎 하나 떨어뜨리지 않을 정도의 가벼운 몸집인 벌새가 있는가 하면, 날개를 활짝 펼치면 4~5미터는 족히 되는 앨버트로스 같은 큰 새도 있으니까요.

하지만 우리는 대체로 작고 여리고 그래서 보잘것없는 존재로 다뤄집니다. 게다가 지구상에 9,000여 종이나 있다고 하니, 어쩌면 우리는 너무나 많아서 사람들에게 무시당하는지도 모르겠습니다. 그러나 아무리 개체 수가 많다고 해도 그 모두는 저마다 세상에서 오직 하나뿐인 목숨을 지니고 있습니다. 그 모든 목숨이 죽기 살기로 힘을 내 살고 있습니다. 꽃잎 하나도 흔들지 못하는 가벼운 존재지만 “허공에 몸을 띄운/근육의 내밀한 긴장과 핏발 선 두 눈”으로 최선을 다해 날고 있다고 김사인 시인도 노래했지요. 이런 사정인데 어떤 목숨은 죽어도 괜찮을 정도로 하찮고, 어떤 목숨은 반드시 지켜 줘야 하는 걸까요? 귀천의 잣대는 무엇일까요? 아무리 생각해 봐도 목숨은 그 자체로 너무나 소중합니다.

세상에 존재하는 모든 생명체의 목숨 무게가 평등하다는 것을 들려 주는 흥미로운 이야기가 있습니다. 아주 오래고 오래전, 시비왕이 살고 있었습니다. 이 왕은 세속 권력이 아닌 깨달음을 이룬 붓다가 되어 온 세상 모든 이들에게 도움을 주겠노라 다짐했습니다. 어느 날 숲속 나무 아래에서 고요히 참선에 들어 있는데 갑자기 비둘기 한 마리가 다급하게 날아왔습니다. 비둘기는 왕의 겨드랑이에 머리를 파묻고 바들바들 떨었지요. 깜짝 놀란 왕이 어쩌지 못하고 있는 사이 머리 위에서 목소리가 들려왔습니다.

"그 비둘기를 내게 주시지요. 내가 먹을 양식입니다."

매 한 마리가 나뭇가지에 앉아서 왕의 겨드랑이로 숨어든 비둘기를 노려보며 말한 것입니다. 일의 정황을 알아차린 왕이 대답했지요.

"그럴 수는 없다. 나는 모든 생명을 보살피고 구제하겠다고 맹세한 수행자다. 그런데 어찌 이 비둘기를 네 식량으로 내줄 수 있겠는가?"

매가 말했습니다.

"모든 생명을 보살피고 구제하겠다고 했습니까? 나도 그 모든 생명에 포함됩니다. 나는 비둘기를 먹어야 살 수 있습니다. 그런데 지금 날 보고 굶어 죽으라는 말인가요?"

매의 말도 맞습니다. 하지만 이 여린 생명을 산 채로 내줄 수는 없어서 수행자인 왕이 말했습니다.

"내가 다른 걸 주겠다. 먹고 싶은 것을 말하라."

"나는 갓 잡은 고기만 먹습니다."

난처하게 됐습니다. 그러니까 뭐든 금방 죽여서 먹겠다는 것입니다. 왕은 곰곰이 생각하다가 신하를 불러 명했습니다.

"칼을 가져오너라. 내 다리 살을 베어서 매에게 주어야겠구나."

그러자 머리 위의 매가 못을 박듯 말했습니다.

"이왕이면 저 비둘기 무게만큼 베어 주십시오. 비둘기보다 조금이라도 고기의 양이 덜하면 난 받지 않겠습니다."

왕은 하는 수 없이 저울을 가져오게 해 저울 접시 한쪽에는 비둘기를 올려 두고, 다른 접시에는 자신의 넓적다리 살을 베어 올렸습니다. 비둘기 쪽이 많이 내려가 있었습니다. 왕은 다시 자신의 살을 조금 더 베어 접시에 올렸습니다. 여전히 많이 모자랍니다. 조금씩 조금씩 베어 내다 온몸의 살을 거의 다 베어 접시에 올렸지만 비둘기 쪽 접시와 평형을 맞출 수 없었습니다. 결국 왕이 자리에서 일어나 접시에 올라앉았습니다. 그러자 비둘기와 무게가 같아졌습니다.

이 모습을 지켜보던 매가 물었습니다.

"왜 이런 일까지 벌이는 겁니까? 그냥 저 비둘기만 내게 넘기면 아무 문제가 없는데 말이지요."

온몸의 살을 베어 커다란 고통에 시달리며 왕이 대답했습니다.

"이 비둘기는 내게 와서 의지했다. 내게 살려 달라고 매달린 목숨을 어떻게 너에게 내주겠느냐? 나는 붓다가 되기 위해 저울에 올라앉았으니 조금도 후회하지 않는다."

고작 비둘기 한 마리를 살리려고 제 목숨을 내놓은 왕의 말이 끝나자 천지가 진동하며 '시비왕은 반드시 붓다가 될 것'이라는 찬탄이 비처럼 쏟아졌습니다. 어느새 비둘기와 매는 사라졌고 왕의 몸도 상처 하나 없이 회복됐습니다. 비둘기와 매는 하늘의 신이 왕의 구도열이 얼마나 진실한지 시험하려고 그런 상황을 펼쳐 보인 것이라고 《중경찬잡비유경》에서는 설명합니다.

비둘기 한 마리의 목숨이 한 나라 왕의 목숨과 같다는 것이지요. 심지어 잡아먹히는 쪽의 목숨과 잡아먹으려는 쪽의 목숨도 똑같이 소중합니다. 우리는 날마다 무엇인가를 잡아먹고 삽니다. 그리고 언젠가는 무엇인가에 잡아먹히겠지요. 산다는 것은 무엇인가를 죽인다는 것과 다르지 않습니다. 비둘기와 왕의 일화는 이 같은 삶의 아이러니를 들려줍니다.

자고새의 고뇌

작고 여린 탓에 늘 힘센 녀석에게 붙잡혀 목숨을 잃는 운명이야 어쩌겠습니까? 그런데 다른 동료까지 죽음으로 몰아넣는 미끼가 되고 있으니 문제지요. 내가 그랬습니다. 자고새로 태어났을 때 나 때문에 동료들이 죽은 적이 있거든요. 그 이야기를 들려드리겠습니다.

오랜 옛날, 히말라야산맥 가까운 곳에 새 사냥꾼이 살고 있었습니다. 아름다운 깃털을 지닌 나는 새 사냥꾼의 조롱鳥籠에 갇혀 살았습니다. 그는 새 사냥을 하러 숲으로 갈 때면 조롱을 들고 갔지요. 내 지저귐을 듣고 숲의 다른 자고새들이 날아오면 그걸 잡아 생계를 이어갔습니다. 이런 일을 몇 번 겪자 나는 너무나 괴로웠습니다. 그리고 앞으론 무슨 일이 있어도 지저귀지 않으리라 맹세했지요.

그날도 새 사냥꾼이 나를 데리고 사냥을 나갔습니다. 나는 소리를 내지 않았습니다. 이상하다고 생각한 사냥꾼은 조롱에 작대기를 넣고 내 머리를 때렸습니다. 처음에는 참았지만 너무 아파 견딜 수가 없었습니다. 아픔을 견디지 못해 소리를 질렀고,

나의 비명을 듣고 날아온 수많은 자고새가 붙잡혀 팔려 나갔습니다.

나는 어찌하면 좋을지 몰랐습니다. 마음이 괴로웠지요.

'나는 씻을 수 없는 죄를 지었어. 동료를 죽이려는 마음은 없었지만 결국은 나 때문에 다들 붙잡혀 죽었으니까. 게다가 이 사람은 나로 인해 날마다 살생의 악업을 짓고 있잖아. 어쩌면 좋아. 이 모든 죄는 언제고 반드시 괴로운 과보로 돌아오겠지.'

나는 언제고 속마음을 털어놓을 현자를 만나기만을 기다렸습니다. 그러던 어느 날 일입니다. 사냥꾼이 숲으로 새 사냥을 나갔다가 더위에 지쳐 연못가에서 낮잠을 청했습니다. 내가 들어 있는 조롱을 어느 나무 아래에 두었는데 마침 그곳에는 숲속의 현자가 명상에 잠겨 있었습니다. 이제나저제나 현자 만나기를 고대했던 나는 더할 수 없이 기뻤습니다. 사냥꾼이 깊이 잠들기를 기다린 끝에 낮은 소리로 현자를 불렀습니다. 그리고 내 속마음을 털어놓기 시작했지요.

"저는 씻을 수 없는 큰 죄를 지었겠지요. 어떻게 하면 좋을까요?"

현자가 물었습니다.

"네 마음에 동료들을 죽이겠다는 생각이 있었던가?"

"없었어요. 절대로 그들을 죽이려는 생각을 하지 않았습니다. 하지만 결국 저 때문에 다들 죽임을 당했지요."

숲속의 현자는 말했습니다.

"네 마음에 죽이려는 의도가 없었는데 어찌 네가 악업을 지었다고 하겠느냐? 너는 악업을 지은 것이 아니고, 악업에 따르는 괴로운 과보도 받지 않을 것이다. 마음을 놓아라."

아, 정말인가요? 정말 이 모든 비극이 나의 잘못도, 나의 악업도 아니란 거지요? 나의 괴로움과 불안은 한순간에 사라졌습니다. 바로 그때 사냥꾼이 잠에서 깨어났습니다. 그는 숲에서 어떤 이야기가 오갔는지 꿈에도 모른 채 나를 가둔 조롱을 들고 숲을 떠나갔지요. 《자타카》

명령을 거역하지 못해 시키는 대로 해야 하는 '을'들의 괴로움을 이보다 더 절절하게 보여 주는 이야기가 또 있을까요? 세상의 권력에는 서열이 매겨져 있습니다. 아무리 그런 질서에서 풀려나 자유롭게 살겠다고 외쳐도 자신의 의지대로 살아갈 수 있는 존재는 거의 없습니다.

그렇다고 모두가 처음부터 갑이나 을로만 존재하는 것도 아닙니다. 살다 보면 서열이 바뀌기도 합니다. 들여다보면 우리는 모두가 갑이면서 을의 위치에 있고, 을은 또 자기보다 더 작고 힘없는 병 위에서 권력을 부리며 살아가고 있습니다. 그렇다면 갑이니 을이니 병이니 하면서 자꾸 서열을 매길 것이 아니라, 갑이건 을이건 병이건 존재하는 모든 목숨이 다 그처럼 나약하고 안타까운 것이라고 바라보면 어떨까요?

경전에 등장하는 우리들 새의 모습은 바로 그런 상황을 보여주고 있습니다. 아무리 힘이 없어도 당신의 목숨은 세상 무엇보다 소중하고, 권력의 부림으로 원치 않는 일을 할 수밖에 없더라도 스스로 책망하지는 말라는 것이지요.

나무를 오르내린 앵무새

길고 긴 밤이 지나면 우리는 가장 먼저 눈을 뜹니다. 이른 새벽이면 우리는 부지런히 지저귑니다. 새들의 지저귐을 들으면 누구나 정신이 번쩍 나고 행복하다고 말하는데 거기엔 이유가 있습니다. 우리의 지저귐에는 사람들 마음을 진정시켜 주는 붓다의 가르침이 담겨 있기 때문입니다.

남에게 아낌없이 베풀기로 으뜸인 급고독장자라는 이가 있습니다. 의지할 곳 없는 가난한 사람들에게 필요한 것을 공급해 준다고 해서 붙은 이름입니다. 그는 수행자들에게도 아낌없이 베풀었습니다. 수행자들은 필요한 것이 있으면 그의 집으로 갔고, 장자는 즐겁게 보시했습니다. 그래서 그의 집에는 수행자들의 발길이 끊이지 않았고 넉넉한 베풂과 함께 언제나 현자들의 이야기가 흘러나왔지요.

그의 집에 앵무새 두 마리가 살고 있었습니다. 사람 말을 알아들을 정도로 영리해서 장자 가족의 사랑을 독차지했습니다. 앵무새들은 멀리서 수행자들이 오는 것을 보면 집안으로 날아가 알려 주었고, 그러면 가족들은 맞이할 채비를 했습니다.

어느 날 붓다의 제자인 아난존자가 급고독장자의 집을 찾았습니다. 그는 영리한 앵무새를 보자 기특하고 사랑스러워서 말했지요.

"내가 붓다의 가르침을 들려줄까?"

그러자 새들은 아난존자 앞에 얌전하게 날아와 앉았습니다. 존자는 말했습니다.

"자, 들어 보렴. 세상에 존재하는 모든 것은 괴롭지 않은 게 없단다. 그저 남들의 괴로움을 구경하며 측은하게 여기는 정도가 아니라, '아, 정말 살아간다는 것은 힘들고 괴로운 일이로구나'하고 뼈저리게 느껴야 한단다. 이것이 괴롭다는 성스러운 이치(고성제)란다 그런데 이 괴로움은 그냥 제멋대로 생겨난 느낌이 아니라 다 이유가 있어서 생겨난 것이란다. 이것이 괴로움은 인연이 있어서 생겨난다는 이치(집성제)란다. 모든 생명은 괴로움이 엄습하면 죽도록 힘들어 하지만 이 괴로움이란 것은 영원하지 않으니, 반드시 소멸하게 마련이란다. 이것이 괴로움은 없어진다는 이치(멸성제)이지. 하지만 그냥 없어지지는 않아. 괴로움을 없애는 성스러운 수행이 있는데 이걸 실천해야 한단다. 이것이 바로 괴로움을 소멸하는 길이라는 이치(도성제)란다."

이 네 가지 이치를 사성제라고 부릅니다. 아난존자는 사성제 법문을 새들에게 들려주었습니다. 새라고 해서 괴롭지 않을까요? 붓다의 가르침은 사람뿐만 아니라 이 세상에 살고 있는 모든 생명체가 귀담아들어야 함을 이렇게 앵무새 두 마리에게 몸소 보여 준 것이지요. 아난존자는 법문을 마친 뒤에 당부했습니다.

"자, 이제부터 너희는 날아다닐 때도 쉬지 않고 '고-집-멸-도'를 외거라. 알았지?"

아난존자가 당부하고 떠나자 앵무새 두 마리는 장자의 집 앞 나무로 날아올랐습니다. 그리고 사이좋게 나무를 오르내리며 쉬지 않고 지저귀었습니다.

"세상에 존재하는 모든 것은 힘들고 괴롭다.(고)-괴로움은 인연이 있어 생겨난 것이다.(집)-괴로움은 그 인연이 다하면 사라지게 마련이다.(멸)-괴로움을 완전히 없애려면 수행을 해야 한다.(도)"

앵무새 두 마리는 키 큰 나무를 일곱 차례 오르내리며 아난존자가 들려준 법문을 쉬지 않고 외웠습니다. 해가 저물자 나무 위 보금자리에 깃들어 잠을 청했지요. 그런데 안타깝게도 바로 그날 밤 야생 삵이 새 둥지를 덮쳐 앵무새 두 마리를 잡아먹고 말았습니다.

다음 날 아난존자가 탁발을 하러 마을로 들어갔다가 이 소식을 전해 들었습니다. 그는 전날 자신의 법문에 귀를 쫑긋하고 있던 새들의 모습이 아른거려 비통한 마음을 금할 길이 없었습니다. 아난존자는 붓다에게 돌아가 이 사정을 알리며 물었습니다.

"부처님, 제가 사성제를 가르쳐 준 앵무새 두 마리는 어느 곳에 태어났습니까?"

"그들은 네게서 법을 듣고 기쁜 마음으로 진리를 외운 공덕으로 사왕천에 태어났다. 그곳에서 죽으면 더 높은 하늘로 가서 태어날 것이고, 또 그 하늘에서 죽으면 다시 더 높은 하늘로 가서 태어날 것이다. 이렇게 일곱 차례 하늘을 오르내리며 긴 수명을 누리고 부족한 것 없이 풍요롭고 안락하게 지낼 것이다. 그리고 다시 이 세상으로 내려와 사람으로 태어날 것이며, 집을 떠나 수행자로 살아가게 될 것이다. 앵무새로 있을 때 고집멸도 사성제를 외워 지녔으니 그 공덕으로 마음이 열려 벽지불(辟支佛, 홀로 깨달은 자)이 될 것이요, 그때 각각 담마와 수담마라는 이름으로 불릴 것이다." 《현우경》

전생에 앵무새였지만 아난존자의 법문을 귀담아듣고 일러 준

대로 쉬지 않고 외우며 마음공부를 해 나간 공덕으로 천상에 태어났고, 마침내 인간으로 태어나 수행자가 된 뒤 붓다에 버금갈 정도로 도가 높은 벽지불이 되리라는 예언입니다. 우리 지저귐을 들으면 정신이 맑아지고 행복해지는 이유가 바로 여기에 있지 않을까요?

벽지불이 된 기러기

이런 이야기도 전해지고 있습니다.

코살라국 파세나디왕에게 이웃 나라에서 새하얀 기러기 500마리를 조공으로 바쳤습니다. 파세나디왕은 기러기들을 붓다가 머물고 있는 기원정사로 보냈지요. 붓다가 설법할 때면 수행자들이 모두 모였는데 이때 흰 기러기 500마리도 함께 자리했습니다.

붓다는 사람이니 사람의 말로 법문을 합니다. 그런데 사람의 말을 알아듣지도 못하는 새들은 도대체 왜 참석한 걸까요? 붓다는 한 가지 음성으로 설법하지만 듣는 이는 누구나 자기 기준으로 알아듣고 이해합니다. 새의 입장에서 보자면 붓다의 설법 음성은 새들의 청아하고 고운 지저귐으로 들린다는 것이지요. 그러니 새들도 충분히 알아듣습니다. 아무튼 500마리 흰 기러기들은 수행자들 틈에서 붓다의 가르침을 듣고는 행복해서 견딜 수가 없었습니다.

"어때? 정말 좋은 말씀이지?"

"맞아. 난 감동했어. 거의 울 뻔 했다니까."

"나도, 나도…."

기러기들은 감탄했지만 사람들 귀에는 새들이 난데없이 지저귀는 소동으로밖에는 보이지 않았을 겁니다. 이들은 부처님 법문에 받은 감동을 나누며 행여 법문을 잊어버릴까 자꾸 되뇌었지요. 그 후 오래지 않아 새들은 사냥꾼에게 목숨을 잃었지만 이 500마리 기러기들은 똑같이 천상에 태어났습니다. 천상의 신으로 태어난 기러기들은 자신들이 무슨 공덕을 지었기에 이런 행복한 삶을 살게 되었는지 궁금했습니다.

"우리는 전생에 기러기로 살며 부처님 법문을 듣고 기뻐한 일 말고는 없는데…."

그리하여 붓다에게 감사의 마음을 전하려 사람의 몸으로 변

신해 지상으로 내려왔다는 이야기가 《잡보장경》에 전하고 있습니다.

지구에는 헤아릴 수 없이 많은 동물이 살고 있고 저마다 나름의 소리를 지니고 있는데, 그중 새의 지저귐을 듣고 있노라면 기분이 좋아지고 근심이 사라진다는 사람들이 많습니다. 이제 그 이유를 아시겠지요? 새들의 지저귐은 바로 붓다의 가르침입니다. 붓다의 법문을 잊지 않으려 소리 내어 되뇌는 것이자, 붓다의 법문을 찬탄하며 기뻐 환호성을 지르는 것이지요. 근심 걱정에 애태우고 불안·우울·두려움에 시달리는 사람들이 숲으로 가서 우리의 지저귐에 귀를 기울여야 하는 이유가 바로 여기에 있습니다.

붓다의 음성은 새의 지저귐과도 같다는 경전 구절도 아주 많습니다. "가릉빈가 새의 지저귐과도 같아서 청아하다."는 것이지요. 그뿐인가요? 아미타부처님의 극락정토에는 그 어떤 동물도 존재하지 않지만 새 만큼은 예외입니다. 흰 고니와 공작과 앵무와 사리조와 가릉빈가와 공명조 같은 여러 새가 살고 있습니다. 이 새들은 날마다 이른 아침, 한낮, 저녁, 이른 밤, 한밤중,

새벽에 가까운 밤 시간의 여섯 차례에 걸쳐 아름답고 온화한 소리를 내고 있다고 경전에서는 일러 주고 있습니다. 헤아릴 수 없이 많은 새들이 날아다니며 지저귀는 소리는 단순한 지저귐이 아닙니다. 극락에 살고 있는 사람들이 어떻게 수행해야 하는지 그 방법을 알려 주고 있지요.

죽을 때 '원왕생 원왕생'하고 염불해서 극락에 온 사람들이 있습니다. 원왕생이란 가서 태어나기를 원한다는 바람입니다. 그 바람을 품은 덕에 극락에 온 사람들은 이제 더없이 즐겁고 행복한 극락에서 무엇을 하며 지내야 할까요? 딱 한 가지, 바로 '수행'입니다. 마음속 번뇌를 완전히 없애고, 이승에서 먹고사느라 바빠서 하지 못했던 수행을 극락에서 하는 겁니다. 극락에 온 모든 사람은 청아하면서도 부드럽고 사랑스러운 우리의 지저귐에 귀를 기울이며 붓다와 가르침과 승가를 생각합니다. 그러니 새소리를 듣는 것만으로 마음공부를 하고 성불을 향한 공덕을 쌓는 일이 되는 것입니다. 물론 극락정토의 새들은 아미타 부처님이 법의 음성을 널리 퍼뜨리기 위해 새의 모습을 취한 것이라고 하니 이건 기억해야겠습니다. 《불설아미타경》

우리는 다양하게 소리를 냅니다. 나무를 쪼거나 위아래 부리를 맞부딪치거나 꽁지깃을 바람에 떨리도록 하거나 명관鳴管이라는 신체 기관을 진동시키거나 하면서 소리를 냅니다. 아무래도 좋습니다. 혹시 오늘 아침, 새소리에 잠을 깨셨나요? 욕심과 성냄과 어리석음이라는 어둠을 몰아내고 밝은 지혜를 품으라는 붓다의 가르침에 눈을 뜨신 겁니다. 붓다란 깨달은 사람, 깨어난 사람, 눈을 뜬 사람을 뜻한다고 하지요. 성실하고 진지하고 행복하게 하루를 살자고 마음을 내셨다면, 그래서 나도 행복하고 이웃도 행복하기를 바란다면 당신은 이미 아미타부처님의 극락정토에 계신 것일지도 모르겠습니다.

벌
자린고비의 마음을 여는 법

작고 둥근 구획들이
서로를 연결하면서 지탱하는 벌집만큼
숙련된 솜씨와
정밀함을 갖추고 있는 요새가 어디 있을까?

《중세 동물지》 중에서

필사적으로 꿀을 지키는 벌

세상이 온통 꽃밭입니다. 일 년 중 우리들 꿀벌이 가장 바쁠 때이지요. 우리는 인간이 등장하기 전부터 꽃에서 꽃으로 날아다녔습니다. 날아다니기만 한 건 아니지요. 꽃가루를 옮기며 식물이 수정할 수 있게 도와주었습니다. 전 세계 식량 자원의

70%가 수정해 결실을 볼 수 있게 돕는 일꾼이 바로 꿀벌이라는 사실을 사람들은 알고 있을까요? 그러니 우리가 없으면 사람들의 식량에도 적잖은 차질이 생긴다는 사실을 인지해야 합니다.

우리 꿀벌은 많게는 6만 마리에 이르는 거대 집단을 이루고 살며, 향긋한 꽃 냄새를 따라 날아가 꽃가루를 취한 뒤 밀랍으로 집을 지어 꿀을 저장하고 새끼를 키우는 곤충입니다. 우리가 만들어 낸 꿀과 벌집에는 귀한 영양소가 가득 담겨 있어 예로부터 사람들이 소중하게 사용해 왔습니다. 보통의 꿀은 물론이요, 프로폴리스며 로열젤리는 우리가 없으면 만날 수 없는 아주 귀한 약재입니다.

사람들은 우리가 애써 모은 꿀을 가져가려 합니다. 우리는 웅~ 웅~ 소리를 내며 필사적으로 꿀을 지킵니다. 꿀을 가져가려면 수백 마리의 벌을 먼저 물리쳐야 합니다. 이런 모습에 빗대어 《대방등여래장경》에서는 이렇게 말하고 있습니다.

"비유컨대 벼랑 끝 나무에 순수한 꿀이 있는데 무수한 벌의 무리가 둘러싸고 지킨다. 이때 어떤 사람이 요령껏 먼저 그 벌을 제거하고서 꿀을 취하여 마음껏 먹고, 이후에 주변 사람에게도 기꺼이 나눠 준다. 모든 생명체에게는 붓다의 성품이 깃들어 있으니 그것은 마치 저 순수한 꿀이 벼랑 끝 나무에 있는 것과 같다. 하지만 그 붓다의 성품은 온갖 번뇌에 덮이고 가려져 있으니 마치 저 벌떼가 지키는 것과 같다. 여래인 나는 붓다의 눈으로 이런 상황을 잘 살펴 좋은 방편(꾀)을 내어 법을 설하여 번뇌를 제거하고 없애어 모든 생명이 붓다의 지혜를 얻고 나아가 널리 세상을 위하여 좋은 일을 하도록 인도한다."

우리가 꿀을 지키기 위해 떼 지어 날아다니는 것을 붓다의 성품을 덮고 있는 번뇌에 비유한 것은 좀 유감입니다. 번뇌는 쉽게 사라지지 않습니다. 번뇌를 없애려고 덤벼들면 번뇌는 더욱 맹렬히 그 사람을 괴롭힙니다. 이런 이치를 잘 아는 붓다가 여러 수단을 강구해 사람들 마음을 덮고 있는 번뇌(벌떼)를 없애 주어서 그들이 붓다가 되도록 인도한다는 것이지요.

자린고비 남자의 인색한 마음 열기

그런데 이런 이야기도 있습니다. 오래전 석가모니 붓다는 제자 가운데 목련존자가 바로 꿀벌과도 같은 존재라고 찬탄하셨는데, 그 사연을 들려 드리겠습니다.

마가다국에 꼬시야라는 이름을 가진, 8억의 재산을 거느린 대부호가 살고 있었습니다. 그런데 이 꼬시야는 인색해도 그렇게 인색할 수가 없습니다. 풀잎 끝으로 기름방울을 묻혀 보십시오. 그 방울이 얼마나 크겠습니까? 꼬시야는 그 방울만큼도 남에게 베푼 적이 없는 사람입니다. 게다가 자신에게조차 눈곱만큼도 재산을 쓰지 않습니다. 그러니 가난한 이들이나 수행자들에게 베풀 리 만무하지요.

어느 날 꼬시야가 거리를 지나다 어떤 남자가 만두를 구워 먹는 광경을 봤습니다. 그러잖아도 출출하던 차에 저절로 침이 고였습니다. 집에 가서 만들어 먹으면 될 일이지만 그는 생각을 고쳐먹었습니다.

'내가 저걸 만들어 먹다가는 집안의 처자식은 물론이요, 식솔들이 전부 한입 먹겠다고 달려들 테지. 어휴, 아까워라. 내가 왜 재산을 낭비해야 하지?'

꼬시야는 집에 돌아와 그만 침대에 쓰러지고 말았습니다. 배는 고프고 만두는 먹고 싶은데 괜히 집안에서 만두를 먹으면 큰 일이어서 꾹 참고 있는 것입니다. 아내가 그를 살살 달래며 힘들어 하는 이유를 물었습니다. 세상에서 가장 흔하고 싼 음식인 만두 때문인 걸 알고 아내는 너그럽게 웃으며 대답했지요.

"아이고, 겨우 그 만두 때문이에요? 걱정하지 말아요. 내가 이 도시 사람들이 다 먹고도 남을 만큼 만들어 줄 테니까요."

바로 이 점을 염려했던 겁니다. 꼬시야가 버럭 역정을 냈습니다.

"내 원 참! 당신은 어마어마한 부자여서 좋겠소."

아내가 말했습니다.

"그럼, 우리 동네 사람들이 먹을 만큼만 만들어 볼게요."

"난 당신이 그렇게 흥청망청 재산을 써 버리는 게 정말 못마땅하오."

"알았어요, 알았어. 그럼, 우리 가족이랑 식솔들만 먹을 수 있을 만큼만…."

"배가 고픈 사람은 난데 왜 그들을 먹여야 하지?"

"그럼, 우리 둘이 조용히 만들어 먹읍시다."

꼬시야는 짜증이 났습니다.

"아, 글쎄! 먹고 싶은 사람은 난데 왜 당신이 먹냐고?"

결국 꼬시야는 자신이 먹을 만큼의 재료를 가지고 아무도 다가오지 못하도록 7층 누각 가장 높은 자리로 올라갔습니다. 물론 그 재료도 아주 질 낮은 것들이었지요. 아내가 만두를 만드는 사이 꼬시야는 1층에서부터 7층까지의 모든 입구를 단단히 걸어 잠갔습니다.

한편, 붓다는 매일 아침 일찍 일어나 세상을 두루 살피며 '오늘은 어디로 가서 누굴 만나 그 마음을 활짝 열어 볼까'하며 교화할 인연을 찾습니다. 그런 붓다의 눈에 이들 부부의 모습이 들어왔고 신통력이 가장 뛰어난 제자 목련존자를 불러 말씀하셨지요.

"목련이여, 오늘 나는 이 절에 있는 500명의 수행승과 함께 저 부부가 만든 만두로 공양을 하려 하오."

저 인색하기 이를 데 없는 남자의 집에서 먹을거리를 탁발해 오라는 것입니다. 목련존자는 순식간에 꼬시야의 집으로 날아갔습니다. 보통은 대문을 두드려서 음식을 청해야 하지만 꼬시야가 기꺼이 발우에 음식을 담아줄 리가 없습니다. 신통력이 뛰어난 목련존자는 허공에 뜬 그 상태로 7층 누각에 있는 꼬시야를 가만히 바라보았지요. 만두 하나를 막 입에 넣으려던 찰나 목련존자와 눈이 마주친 꼬시야는 경악을 금치 못했습니다. 그는 허공에 떠 있는 존자를 보고 애써 태연하게 말했습니다.

"바라는 게 뭡니까? 그대가 허공에서 왔다 갔다 해도 내게서 얻어 갈 것은 하나도 없습니다."

존자는 허공을 왔다 갔다 했습니다. 그러자 꼬시야가 또 말했습니다.

"소용없습니다. 허공에서 편안하게 앉아도, 이리 가까이 다가와도, 내게서 얻어 갈 것은 하나도 없습니다."

존자가 그의 말대로 하자 꼬시야가 또 말했습니다.

"소용없다는 데도 그러시는군요. 허공에다 향을 피워 연기를 내도 마찬가지입니다."

목련존자는 순식간에 향을 피웠습니다. 갑자기 뿌연 연기가 온 집안을 가득 채우자 이러다 집에 불이라도 날까, 겁이 더럭 난 꼬시야가 아내에게 말했습니다.

"빨리 만두를 작게 하나만 빚어서 저자에게 줘서 보내 버려요."

아내가 즉시 반죽을 아주 작게 빚어 냄비에 넣었습니다. 그런데 그 작은 반죽은 순식간에 커지더니 냄비에서 넘칠 정도가 됐습니다. 그는 손이 큰 아내를 나무라며 직접 숟가락 끝으로 반죽을 떼어 내 빚어 냄비에 넣었지만 그건 더 커졌습니다. 더 작게 빚을수록 더 커졌습니다. 꼬시야는 그만 넌덜머리가 났습니다. 아무것이나 하나 주고 빨리 쫓아 버려야겠다는 생각에 만두를 하나 꺼냈습니다. 그 순간 모든 만두가 착 달라붙어 한 덩어리가 됐습니다. 아무리 떼어 내려 해도 떨어지지 않았습니다. 결국 땀범벅이 된 부부는 만두를 그릇째 목련존자에게 내어 주었지요.

그러자 부부가 하는 짓을 무덤덤하게 바라보던 목련존자는 다른 이에게 베푸는 것이 얼마나 커다란 복을 짓는 일인지 이야기를 들려주기 시작했습니다. 황망하고 당혹스러운 지경에 놓인 꼬시야는 그 법문을 듣자 인색했던 마음이 서서히 열리기 시작했습니다. 그의 마음에 물결이 일어난 것을 살핀 목련존자는 부부를 데리고 순식간에 제타 숲으로 날아가 만두를 붓다와 500명의 스님에게 공양 올리게 하였지요.

사실 자린고비인 그가 혼자 먹으려고 준비한 것이라 양이 터무니없이 적었습니다. 그런데 뜻밖에도 그 많은 사람이 다 먹고도 남았습니다. 아무리 먹어도 양이 줄지 않았지요. 부부는 만두를 승원 밖으로 가지고 나가 굶주린 사람들에게도 넉넉히 나누어 주었습니다.

자신의 손으로 자신의 것을 기쁜 마음으로 나누어 준 부부는 붓다에게 다시 나아가 법문을 들었고, 자신들의 전 재산을 희사했습니다. 이런 과정을 지켜본 스님들이 목련존자의 교화행을 찬탄하자 붓다가 말했습니다.

"수행승이 재가자를 교화할 때 재가자를 조금도 손해 보게 해서는 안 되고, 그들의 마음을 상하게 해서도 안 됩니다. 마치 꿀벌이 꽃에서 꿀을 취하는 것처럼 다가가 붓다의 덕을 알려 주어야 합니다."

그리고 이렇게 노래했습니다.

꿀벌이 꽃으로 날아가
그 빛깔과 향기를 다치지 않고서
달콤한 맛만 취한 뒤 날아가 버리듯이
성자는 마을에서 이렇게 탁발한다.

《담마빠다》, 《자타카》

목련존자가 가져간 것

사람들은 이 시를 음미하면서 '수행자가 재가자들에게서 음식을 얻을 때의 마음가짐'이라고 정의합니다. 하지만 그 정도로

만 이해해서는 안 됩니다. 목련존자가 그저 만두라는 음식을 얻으려는 목적으로 그들에게 다가간 것은 아니기 때문입니다.

몸무게가 겨우 90㎎에 지나지 않는 우리 꿀벌은 수많은 천적이 목숨을 위협해도 날마다 부지런히 꽃과 꽃 사이를 날아다니며 꽃가루를 채취합니다. 몸무게가 가벼운 우리는 꽃에게 날아가지만 꽃을 다치게 하지 않습니다. 꽃을 조금도 다치게 하지 않으면서 꼭 필요한 것만 취하고서 그것을 사방에 퍼뜨려 세상을 이롭게 하지요. 이것이 우리들 꿀벌이 지닌 가장 큰 장점이라 할 수 있습니다.

누군가에게 조언이나 충고를 하려고 다가가는 것도 이와 같아야 합니다. 상대방의 인색한 마음을 교화하려 다가가면, 그 마음은 더욱 옹색해집니다. 빼앗기지 않으려고 더 움켜쥐게 마련이지요. 빼앗기기를 싫어하는 것은 모든 생명체의 본능입니다. 조언하고 일깨운다는 명분 아래 강제로 움켜쥔 손을 펼치면 인색한 사람들의 마음은 더욱 굳게 닫힐 뿐입니다. 저들을 꺾고 내가 이기겠다는 마음으로 대해선 안 됩니다. 저들의 마음이 자연스레 열리고 기쁜 마음으로 자신의 것을 내어 주게 인도해야 합니다. 그저 그들의 마음에서 탐욕과 인색함만을 걷어 주면 그

만입니다.

누군가를 바른길로 인도하려 마음먹었다면 목련존자의 이 방식을 떠올리시면 어떨까요. 마치 우리가 꽃을 다치게 하지 않으면서 꽃가루를 취해 훌륭한 꿀을 만들어 온 세상을 이롭게 하듯, 그렇게 하시기를 바랍니다.

수행승이 재가자를 교화할 때 재가자를 조금도 손해 보게 해서는 안 되고, 그들의 마음을 상하게 해서도 안 됩니다. 마치 꿀벌이 꽃에서 꿀을 취하는 것처럼 다가가 붓다의 덕을 알려 주어야 합니다.

거북

단단한 등딱지가 의미하는 것

거북아 거북아

모가지를 내밀어라.

내밀지 않으면 구워 먹겠다.

《삼국유사》 권2 '가락국기조' 중에서

집을 사랑한 거북

"즐거운 곳에서 날 오라 하여도 내 쉴 곳은 작은 내 집뿐이리."

영국의 작곡가 헨리 비숍의 곡에 미국 작가 존 하워드 페인이 붙인 노랫말입니다. '홈 스위트 홈(Home Sweet Home).' 사람들은 이 노래를 부르며 집으로 돌아갑니다. 세상에서 가장 안전하고 편안한 곳은 집이니까요.

그런데 거북인 나는 세상에서 가장 안락한 장소인 집을 등에 늘 짊어지고 다닙니다. 등딱지 무게는 견딜 수 없을 정도로 무겁지만, 위험한 상황에 부닥쳤을 때 사지와 머리를 등딱지 속으로 쏙 집어넣으면 걱정할 일이 없습니다. 얼마나 편하고 좋은가요? 여차하면 쏙 숨어 버릴 수 있고, 무척 단단하여 웬만큼 억센 이빨을 가진 동물이 아니면 으스러뜨리지 못합니다. 세상에서 가장 즐거운 곳, 가장 안전한 곳, 가장 튼튼한 곳이 바로 내 등딱지입니다.

사실 좀 무겁기는 합니다. 하지만 5,000만 년에 걸쳐 갈비뼈가 진화해 딱딱한 등딱지가 되어 버렸으니 벗어놓을 수는 없는 노릇입니다. 죽을 때까지 등딱지를 짊어지고 다녀야 하지요. 《이솝우화》에서는 우리 거북들이 이 등딱지 집을 짊어지고 다니게 된 사연을 이렇게 들려줍니다.

아주 오래전 제우스가 자기 결혼식 파티에 모든 동물을 초대했습니다. 동물들은 저마다 기쁜 마음에 달려가 제우스와 그 신부를 축복했지만 거북은 가지 않았습니다. 이튿날 제우스가 찾아와 왜 오지 않았느냐고 따져 묻더군요. 거북이 말했습니다.

"나는 집이 좋아요. 이 세상에서 집보다 더 편하고 좋은 곳이 어디 있습니까? 이 집에서 한 발자국도 나가고 싶지 않아요. 그래서 당신의 결혼 파티에도 가지 않았지요."

제우스는 노발대발하더니 거북에게 저주를 퍼부었습니다.

"그렇게 좋은 집, 평생 짊어지고 다녀라!"

그 이후로 거북은 어디를 가든 딱딱하고 무거운 집을 등에 짊어지고 다니게 됐습니다.

아무튼 좋습니다. 집이 좋은 건 진리입니다. 세상 어디에도 집보다 더 좋은 곳은 없다는 사실을 부정할 사람이 있을까요? 온 세상을 두루 여행하는 걸 즐기는 사람도 결국은 돌아갈 고향과 집이 있다는 것에 안도하지요. 집은 안식처입니다. 아무리 누추해도 내 한 몸 눕힐 수 있는 곳이니까요.

사람들은 집 한 채 마련하느라 소중한 삶을 다 바칩니다. 융통할 수 있는 모든 자금을 총동원합니다. 오죽하면 영혼까지 끌어모아 집을 마련한다고 해서 '영끌'이라는 말이 생겨났겠습니까. 물론 영끌의 뒷감당이 너무 버거운 것도 사실이지만, 집을 장만했다는 데서 오는 안도감은 그만큼 매력적입니다. 내가 그 무거운 등딱지를 평생 짊어지고 다니는 것과 사람들이 평생 집 한 채 장만하는 일에서 자유롭지 못한 것은 참 닮은 꼴입니다.

집은 의지처인가 파멸처인가

이 세상에 영원한 것은 없습니다. 내 한 몸을 뉘고, 가족을 이루고, 사랑하고, 평생을 안락하게 보낼 집도 영원하지 않습니다. 견고하지 않지요. 그런데 너무 편하고 좋다 보니 사람들은 그런 사실을 깜박 잊어버리곤 합니다. 집이 무너지는데도 벗어날 줄 모르고 집에 집착해서 재앙을 맞이하는 일도 벌어집니다. 집이 안식처가 아닌 파멸처가 되어 버리는 것이지요. 이번에는 집을 떠나지 못해 슬픈 최후를 맞이했던 나의 전생을 들려드리겠습니다.

아주 오랜 옛날, 인도 바라나시에 커다란 호수가 있었습니다. 비가 많이 와서 물이 불어나면 호수는 거대한 강이 되어 도도하게 흘렀고, 가물어서 물이 줄어들면 생물이 살기 어려운 실개천으로 변했지요. 바라나시 호수에 깃들어 살고 있던 물고기들은 홍수가 날지 가물지를 본능적으로 알아차렸습니다. 그런데 그해는 몹시 가물 것으로 예측됐습니다. 호수가 말라붙을 테니 그들은 서둘러 큰 강으로 옮겨 가기로 했습니다.

모든 물고기와 거북들이 거처를 옮기기 전에 내게 와서 말했습니다.

"이보게, 우리와 함께 가세. 이곳은 곧 말라붙어 살 수 없게 될 거야."

난 싫었습니다.

"이 호수는 내가 태어나서 자란 곳이야. 부모님이 살고 계신 곳이기도 하지. 그러니까 나는 이곳을 버릴 수가 없어."

동무들은 나를 설득할 수 없음을 알고 그냥 떠나 버렸습니다. 나는 홀로 그곳에 남았습니다. 집을 떠나다니요. 그럴 수 없습니다. 그런데 여름이 되어 호수의 물이 말라 가기 시작했습니다. 뜨거운 볕을 피하고 물을 찾기 위해 필사적으로 땅을 파헤쳤습니다. 그리고 깊숙한 땅속으로 들어가 숨었습니다.

그때 누군가 다가오는 소리가 들렸습니다. 그릇 빚을 흙을 퍼 가려 호숫가로 이따금 오는 도공이었습니다. 그는 연장을 들고 흙을 파내기 시작했습니다.

퍽, 퍽.

내 몸 위로 흙을 퍼내는 소리가 들려옵니다. 조금 긴장했지만 괜찮습니다. 이곳은 내 집이니, 나를 지켜 줄 것입니다. 게다가 내 등딱지가 여간 딱딱해야 말이지요. 웬만한 연장으로는 조그만 상처도 내지 못할 것입니다.

그런데 이렇게 생각하는 순간 등딱지에 강한 충격이 느껴졌습니다. 아픔을 느끼기 무섭게 몸이 공중으로 붕 떠올랐고 그러다 뜨거운 바닥에 내동댕이쳐졌습니다. 아, 이럴 수가 없습니다. 도공의 커다란 호미가 그만 내 등딱지를 찍었고 흙덩이인 줄 알고 힘껏 들어 올려 패대기를 친 것입니다.

아파서 견딜 수가 없었습니다. 그 튼튼한 등딱지가 빠개지고 말았습니다. 몸의 아픔도 아픔이지만 그 깊은 굴이 허무하게 파헤쳐지자 거주지에 대한 배신감이 엄습했습니다. 세상의 그 어떤 위협에서도 나를 안전하게 지켜 주리라 믿어 의심하지 않았던 집! 모두가 떠나가도 나는 그 집에 대한 사랑과 은혜를 저버릴 수가 없었기에 꿋꿋하게 버티고 있었는데 말이지요.

"살고 있는 곳을 버릴 수가 없었어. 어떻게 이곳을 버리고 떠날 수 있냔 말이야. 하지만 그 애착이 나를 파멸로 몰아넣었구나. 집에 집착한 결과가 이렇게 허망한 죽음이란 말인가."

나는 마지막 힘을 끌어모아 소리쳤습니다. 《자타카》

세상에서 가장 안전한 곳은 어디일까요? 세상에서 가장 견고한 곳은 어디일까요? 세상에서 나를 가장 안심시켜 줄 곳은 어디일까요? 그곳은 집입니다. 하지만 그 집도 허무하게 무너져 내리고 말았습니다. 그렇다면 이 세상에서 내가 마지막까지 애착을 가지고 고수해야 할 만한 것은 무엇일까요? 가족은 영원할까요? 재산은 영원할까요? 내 명예와 권력은 영원할까요? 이 몸은요? 마음 맞는 것은요?

그 모든 것이 인연을 따라 생겨났다 인연이 다하면 흩어집니다. 아무리 사랑하는 사람도 내 곁에 영원히 머물 수 없고, 아무리 굳은 마음도 세월의 힘에 느슨해집니다. 저 웅장한 건축물도 세월의 무게를 이기지 못하고 허물어집니다. 집착의 끝에서 우리를 기다리고 있는 것은 허무한 죽음, 파멸뿐입니다. 행여 당신이 무엇엔가 애착을 가지고 있다면, 그것은 틀림없이 무너져 당신에게 상실의 아픔만을 안겨 줄 것이라는 사실을 잊지 마시기 바랍니다.

자신을 지켜라, 거북처럼

경전에서는 나를 무거운 등딱지를 집으로 삼아 평생 짊어지고 다녀야 하고, 그런 습성이 남아 자신의 거처에 애착한 나머지 파멸을 겪게 되는 어리석은 중생으로 보고 있으니 사실 속이 상합니다. 그게 다가 아니기 때문입니다.

나는 바깥에 위험이 닥치면 목과 사지를 딱딱한 등딱지 안으로 감춰 넣고 버팁니다. 성마른 자들은 제 성질에 위험을 자초하지만 은근과 끈기의 상징인 내가 일단 목과 사지를 감추고 버티면 나를 노리던 사냥꾼들은 제풀에 지쳐 떠나갑니다.

아주 오래전 이런 일도 있었습니다.

어느 날 저녁 무렵입니다. 나는 어슬렁어슬렁 강가를 따라 기어 나갔습니다. 혹시 먹을거리가 있는지 찾아볼 셈이었지요. 그런데 맞은편에서 뭔가 기척이 느껴졌습니다. 가만히 지켜보자니 승냥이 한 마리가 강가를 거슬러 오고 있었습니다. 저 녀석도 사냥감을 찾아 나선 것이 분명합니다. 녀석이 나를 보더니 빠른 속도로 다가왔습니다. 나는 목과 사지를 등딱지 속에 감춰 넣었습니다. 그리고 움츠린 채 꼼짝하지 않았습니다. 과연 굶주린 승냥이가 가까이 다가왔습니다.

'틀림없이 저 승냥이는 내가 목이나 사지를 내밀리라 생각할 것이다. 그때 잡아채서 찢어 먹으면 한 끼 밥으로 충분할 것이니까 말이다.'

승냥이 생각을 알아차린 내가 등딱지 밖으로 목이나 사지를 내밀 수는 없습니다. 승냥이도 이런 내 마음을 알아차렸는지 꼼짝 하지 않고 나를 지켜봅니다. 누가 이기나 버티기에 들어갔지요. 조금도 방심하지 않고 틈을 보이지 않았습니다. 그러자 잡아먹을 기회를 노리던 승냥이가 슬그머니 멀어져 갔습니다. 나는 살았습니다.

붓다는 제자들에게 이 이야기를 들려주며 말씀하십니다. 승냥이는 사람의 번뇌 혹은 악마를, 거북은 수행자를 상징한다고요. 사람에게는 여섯 가지 문이 있어 세상을 향해 활짝 열려 있습니다. 여섯 가지 문이란 바로 눈, 귀, 코, 혀, 몸, 의지입니다. 이 여섯 가지를 단속하지 못하면 보이는 대로, 들리는 대로, 냄새나 맛, 촉감이 느껴지는 대로 집착하고 휘둘립니다. 번뇌가 스멀스멀 피어올라 그 사람을 덮어 버리고, 번뇌에 사로잡힌 사람은 그저 저 좋을 대로 아무 짓이나 할 것이며, 그 결과로 괴로운 과보를 맞이하게 됩니다.

그렇다고 세상을 눈감고 살아갈 수는 없습니다. 귀를 닫고 코를 막거나 입을 봉한 채로 살 수는 없습니다. 무엇을 보고 듣고 맛보고 느끼더라도 거기에서 품게 되는 이미지에 이끌리지 않도록 단단히 자신을 지켜야 합니다. 그러는 수밖에 없습니다. 번뇌라는 악마에게 틈을 보이지 말아야 합니다.

붓다는 이렇게 노래했습니다.

거북이 자기 등딱지에 팔다리를 당겨 넣듯
수행자는 생각을 거두어들여야 한다.
집착을 떠나 남을 해치지 않으며
집착을 완전히 소멸하여
그 누구도 비난하지 말아야 한다.

《쌍윳따 니까야》 '거북이 비유 경'

당신은 등딱지가 견고하니 절대 부서질 일이 없다 안주하고 그에 집착하느라 파멸에 이르겠습니까? 아니면 등딱지 속으로 세상을 향한 관심을 잘 거둬들여 스스로를 단단히 길들여 해탈에 이르겠습니까? 우리들 거북의 두 가지 모습에서 구도자로서의 당신 자신을 찾아보시기 바랍니다.

Ⅱ 지금 당신 옆의 따뜻한 생명들

고양이, 강아지, 토끼, 사슴. 우리를 생각하면 마음이 따뜻해지지 않나요?
친숙하고 귀여운 그래서 여러분에게 조용한 위안을 주는 우리가
경전에서는 어떻게 그려졌을까요?

고양이

수행자, 당신은 고양이

한국에 고양이가 들어온 것은
중국에서 불교가 전래될 때의 일이다.
경전을 쥐로부터 보호하기 위해
고양이를 함께 들여왔다고 한다.

《베르나르 베르베르의 상상력 사전》 중에서

아름답다

페르시아의 전설적인 영웅 루스탐이 노인 한 사람을 구해 주었습니다. 늦은 밤 별빛이 초롱초롱한 밤하늘 아래 모닥불을 피워 놓고 마주 앉은 영웅 루스탐과 이야기를 나누던 중에 노인이 이렇게 말했지요.

"저를 구해 주셨으니 바라시는 것을 선물하고 싶습니다."

하지만 전쟁터에서 살다 죽어야 할 운명인 영웅에게 그런 바람이 있을 리가 없습니다. 그가 대답했습니다.

"저는 바라는 것이 없습니다. 보십시오. 모닥불의 따뜻함과 나른함, 피어오르는 연기에서 나는 냄새, 그리고 머리 위에서 반짝반짝 빛나는 저 별들의 아름다움까지. 아름다운 모든 것이 이미 여기에 다 있는데, 바랄 게 뭐가 더 있겠습니까?"

그러자 노인이 모닥불에서 피어오르는 연기를 한 줌 취하고, 불길 한 자락을 끌어와서 더하고, 가장 빛나는 별 두 개를 따서 두 손안에 모두 담은 뒤 그 속에 '후' 하고 숨을 불어넣었습니다. 그런 뒤에 두 손을 루스탐 앞으로 내밀더니 살며시 벌렸습니다. 그 속에서 무엇이 나왔을까요?

그렇습니다. 바로 나, 고양이입니다. 조그만 새끼고양이 한 마리가 노인의 손아귀 속에 앉아 있었지요. 털은 연기처럼 잿빛이고, 두 눈은 밤하늘의 별처럼 반짝이고, 한 자락 빨간 불길 같은 혀를 지니고 있었습니다. 《고로 나는 존재하는 고양이》

영웅이 구한 노인은 마술사였고, 자신의 생명을 구해 준 대가로 세상에서 가장 아름다운 것을 만들어 주었는데 그게 고양이라는 사실이 어떠신가요. 이 세상에 아름답지 않은 생명이 있겠습니까마는 고양이의 매력은 특별합니다. 고혹적이고 매력적이고 싸늘하면서도 달콤하고 아지랑이같이 아득하면서도 솜사탕처럼 달콤합니다.

지켜보다

지금 당신의 집안 어딘가에 고양이나 개가 있나요? 녀석을 가만히 바라보시겠습니까? 만약 녀석이 개라면 주인의 관심을 기다리던 끝이어서 한달음에 달려와 주인의 손을 핥고 꼬리를 치겠지요.

하지만 우리들 고양이는 그렇지 않습니다. 우리는 다가가지 않습니다. 그저 물끄러미 지켜봅니다. 조금도 움직이지 않고 소리도 내지 않고 멈춰 있지요. 상대가 몸이 달아 다가올 때까지 가만히 지켜볼 뿐입니다. 노려보지도 않습니다. 최대한 몸에 힘을 빼고 상대에게 집중합니다. '관조'라고 하기에는 집중력이 상당하고, '관찰'이라고 하기에는 짐짓 무관심한 것 같고, '응시'라고 하기에는 눈 말고도 제3의 감각으로 상대를 바라봅니다. 이것이 우리들 고양이의 자세입니다. 마치 꼼짝도 하지 않고 삼매에 든 것처럼 보이는 까닭에 수행자에 비유할 때가 많습니다.

《맛지마 니까야》에서는 붓다 제자들이 참선의 경지에 들어 이리저리 사색하고 골똘히 사유하는 것을 "마치 고양이가 문기둥이나 쓰레기통이나 하수구에서 쥐가 나타나기를 기다리면서 생각하고 궁리하고 이리저리 궁구하듯" 한다고 말합니다.

이 비유는 부처님과 승가를 시샘하던 이웃 종교인이 수행자의 모습을 고양이에 빗대 폄하한 표현입니다. 그렇지만 아주 멋지지 않나요? 마음공부의 주제를 골똘히 생각하고 사무치게 생각하되, 생각에 휘말리거나 휘둘리지 않아야 하는 수행자의 자세를 고양이가 먹잇감을 노리는 모습에 비유한 것은 《대방광불화엄경》에 담긴 '입법계품'에도 등장합니다.

"선남자여! 고양이가 쥐를 잠깐만 보아도 쥐가 구멍에 들어가 나오지 못하듯 보살마하살이 보리심을 내는 것도 그와 같아서 지혜의 눈으로 번뇌와 업을 잠깐만 보아도 모두 숨어 버리고 다시 나오지 못한다."

보살마하살은 구도자요, 보리심은 보리(깨달음)를 구하려는 마음입니다. 일단 마음공부 제대로 해서 켜켜이 두껍게 나를 싸고 있는 어리석음을 없애 보겠노라 마음을 내는 사람의 기세는 매섭습니다. 쥐를 노리는 고양이처럼 미동도 하지 않으며 번뇌를 노려봅니다. 번뇌가 이런 시선을 마주하면 다시는 고개를 들지 못하고 사라집니다. 고양이처럼 마음공부를 해야겠습니다.

유연하다

상대가 악한이든 먹잇감이든 화두든 번뇌든 업이든, 가만히 노려보고 겁을 주어 꼼짝달싹하지 못하게 만드는 그 힘은 억세고 뻣뻣하고 우람한 체격에서 나오지 않습니다. 우리들 고양이 몸처럼 부드럽고 유연하고 힘을 다 빼 버린 그 끝에 자연스럽게 상대를 제압하는 기운이 뿜어져 나오는 것이지요. 강한 것보다 부드러운 것이 이깁니다. 좁디좁은 틈도 능수능란하게 들고나는 우리들 고양이에게 감탄한 세상 사람들은 '고양이 액체설'이라는 신조어까지 만들었습니다. 어찌나 부드럽고 유연한지 흐르는 물과 같다는 것인데, 초기 경전인 《디가 니까야》에는 수문장이 성문과 성벽을 완벽하게 지키는 것을 고양이 한 마리가 드나드는 정도의 틈도 허용하지 않는 것에 빗댄 문장도 있습니다.

몸집으로 따진다면 개미나 생쥐 한 마리가 드나들 틈이라 해야 맞겠지만 고양이 한 마리의 출입을 언급하는 것은, 그 큰 몸집을 움직여도 세상 누구의 눈에도 띄지 않는다는 것을 에둘러 말하고 있지요. 그런 걸 보면 도둑고양이라는 오명도, 무엇을 훔쳐서라기보다는 잠든 세상을 조용히 활보하기 때문인지도 모릅니다. 번뇌에 짓눌려 업을 짓는 무명 암흑의 세상을 악마 파순에게 들키지 않고 고요히 건너가는 수행자가 자연스럽게 연상되지 않습니까?

그 조용함이 화두를 뚫고 번뇌를 깨고 업장을 무너뜨립니다. 우리들 고양이는 조용히 엄청난 일을 벌이지만 사람들은 팡파르를 울리며 자신의 행위를 공표합니다. 아직 번뇌를 다 떨치려면 억겁의 세월을 수행해야 할 사람들입니다. '수행합네' 하며 일으키는 마음 한 자락, 행동 한 가지가 악마에게 들켜 윤회의 파도에 휩쓸리는 걸 모르는 딱한 사람들이지요. 상相을 내지 말라는 말을 귀 아프도록 들어오고 있지 않았던가요? 우리들 고양이는 하지 않는 듯 보여도 해야 할 일은 다 하고 있습니다. 다만 그 자취를 남들에게 들키지 않을 뿐이지요.

조심스럽다

우리가 이렇게 극도로 조심하는 데에는 다 이유가 있습니다. 오래전부터 전해 내려오는 고양이 흑역사가 있기 때문입니다.

너무나도 배고픈 고양이가 있었습니다. 다행스럽게도 고양이는 쥐구멍 하나를 발견하고서 그 속을 들여다보며 쥐가 빨리 나오기만을 기다리고 있었습니다. 그런데 쥐 한 마리가 이런 위험을 모른 채 구멍에서 나와 놀았습니다. 고양이가 그걸 놓칠 수 없지요. 워낙 굶주린 탓에 번개보다 더 빠르게 쥐를 채어 꿀꺽 삼키고 말았습니다. 하지만 이걸 어쩌면 좋습니까? 산 채로 고양이 뱃속에 삼켜져 버린 쥐가 날뛰기 시작한 것입니다. 그 작은 몸을 이리저리 움직이다 급기야 고양이 내장을 갉아먹기 시작했습니다. 고양이는 내장이 뜯기는 아픔을 이기지 못해 동쪽으로 서쪽으로 치달렸습니다. 뱃속의 쥐가 힘줄이며 근육이며 피를 먹어 치울 때마다 고통으로 데굴데굴 굴렀고, 그러다 고양이는 허망하게 숨이 끊어지고 말았습니다.

고양이와 쥐의 관계에서 고양이는 절대적으로 우위에 있습니다. 하지만 세상에 절대적인 것은 없습니다. 언제든 변하게 마련이고 늘 요동치고 있습니다. 게다가 쥐도 궁지에 몰리면 고양이를 무는 법이지요. 굶주림에 삼킨 먹잇감에 오히려 잡아먹혀 버린 이 전설은 두고두고 고양이 세계에 전해 내려오고 있지요.

조심해야 한다는 것입니다. 마음공부를 제대로 하지 못하고서 자신의 눈과 귀와 코, 혀, 몸을 단속하지 못한 채 살다가는 자신도 모르게 세상의 온갖 장난에 휘말리고, 세상의 모양과 소리와 냄새와 맛에 탐착하고, 그러다 시뻘겋게 타오르는 탐욕의 불길에 몸도 마음도 타 버리고 마는 법입니다.

마음공부니 수행이니 하는 것에 전혀 관심 없는 범부라면 차라리 낫습니다. 욕망을 품고 그 욕망을 채우는 일생을 살다 가면 그만이니까요. 하지만 욕망을 다스리겠노라 마음을 낸 사람이라면 조심해야 합니다. 공부가 무르익을 때까지 몸과 마음을 단속하고 또 단속해야 합니다. 그러지 않으면 더 거센 욕망의 불길에 타 버리고, 그러다 결국 수행을 포기하고 오히려 더 큰 실패와 좌절과 괴로움을 겪으며 살아가게 되기 때문입니다.
《잡아함경》 '고양이 경'

그대는 고양이

대상이 무엇이건 그 대상에게 잡아먹히지 않으려면 매우 유연한 마음가짐이 필요합니다. 노려본다고만 해서 될 일이 아니요, 힘을 쓴다고 해서 될 일도 아닙니다. 그 대상과 하나가 되되 대상에 먹혀 버리지 않는 것. 아, 이것 참 뭐라 말씀드리기가 어렵습니다. 그저 우리들 고양이가 하듯이 한번 따라 해 보면 감을 잡을 수도 있을 텐데 말이지요. 자꾸만 말로 설명해 달라고 하지 마십시오. 말만 하면 논쟁이 벌어지고, 논쟁만 일삼다 정작 우리는 아무도 평상심으로 살지 못하게 됩니다. 저 유명한 남전 스님 일화를 당신도 잘 알고 있지 않습니까?

큰 절에 스님들이 두 패로 나뉘어 고양이에 대해 논쟁을 벌이고 있었지요. 말은 말을 부르고 말만 하게 되고 말만 하다 끝나니 그보다 더 허망한 일은 없을 것입니다. 끝날 줄 모르는 논쟁을 목격한 남전 스님께서 문제의 새끼고양이 목덜미를 움켜쥐고, 또 다른 한 손에는 날카로운 칼을 들고 외쳤지요.

"말하라. 그러면 이 고양이를 살릴 것이요, 그러지 못하면 이 고양이를 죽일 것이다."

순간 찬물을 끼얹은 듯 차가운 침묵이 대중을 압도했습니다. 모두가 묵묵부답! 아니, 그토록 장황하고 현란하게 쏟아 내던 말들은 다 어디로 갔나요. 모든 이들이 무슨 말을 해야 저 고양이를 살릴 수 있을까를 생각하느라 아까운 시간을 허비했고, 결국 불쌍한 고양이는 목이 베이고 말았습니다. 딱한 사람들.

우리들 고양이는 이 이야기를 전해 듣고 다들 비명을 질렀습니다. 그중 단 한 스님이라도 자리에서 떨쳐 일어나 스승의 손에서 고양이를 빼앗아 들고 뛰쳐나갔다면 귀한 생명을 살릴 수 있었을 텐데 말이지요. 말을 생각할 그 시간에….

자꾸 말을 하면 말에 집어삼켜집니다. 그 틀을 깨야 합니다. 그렇게 살면 됩니다. 평상심이 도道라는 말을 듣고서 "그게 뭔데요?"라고 묻는다면 그 사람은 죽을 때까지 평상심으로 살지 못합니다. 지금 곧 고양이가 되어 보시지요. 어느 사이 화두라는 큰 쥐를 거뜬하게 잡고서도 무심하고 태평스레 그날 하루를 살게 될 것입니다.

개

인간의 영원한 친구

개 한 마리가 사형 판결을 받은 주인 곁을 떠나지 않아 함께 감옥에 갔다. 얼마 뒤 주인이 처형당하자 그 개는 주인의 시신을 따라가며 길게 울어댔다. 로마 사람들이 그 개를 불쌍하게 여겨 먹을 것을 주자 개는 그 음식을 날라 죽은 주인의 입으로 가져갔다. 그리고 마침내 주인의 시신이 티베르강에 던져지자 개는 헤엄을 쳐서 주인에게 다가가 그의 시신이 가라앉지 않게 했다.

《중세 동물지》 중에서

개 세 마리의 온기

중국 당나라 때 조주 스님에게 어떤 스님이 물었지요.

"개에게도 불성佛性이 있습니까?"

그러자 조주 스님은 조금도 망설이지 않고 대답합니다.

"없습니다."《무문관》

보통 사람은 이런 대답을 들으면 '어? 모든 생명체에게는 불성이 있다고 들었는데 없다고 하니, 그럼 뭐지? 있다는 거야, 없다는 거야?'라고 궁금해 합니다. 사실 조주 스님의 '없다'는 대답은 '있다'의 상대적인 차원에서 말하는 건 아니지요.

그런데 이 이야기를 들을 때마다 조금 다른 생각도 해 봅니다. 왜 하필 개에게서 불성을 찾았느냐는 점입니다. 돼지도 있고 소도 있고 염소, 양, 고양이도 있는데 말이지요. 숭고한 불성 같은 것은 상상도 할 수 없을 정도로 개라는 존재는 천박하다는 뜻일까요? 아니면 세상에서 가장 흔한 동물이어서 그저 무작위로 제일 먼저 꼽을 수 있는 존재이기 때문일까요?

아무래도 좋습니다. 그만큼 우리들 개가 인간에게는 친숙하다는 말이겠지요. 그런데 우리 눈을 지그시 들여다본 적이 있나요? 아마 당신은 틀림없이 편안함을 느끼게 될 것이고, 그럴 때면 분명 '개한테 불성이 있건 말건 뭐가 문제야? 이렇게 정을 주는데…'라는 생각이 들 것입니다. 미국 저널리스트 스티븐

코틀러의 흥미로운 책을 읽었습니다. 《인간은 개를 모른다》라는 제목의 이 책에 '쓰리 도그 나이트(three dog night)'란 오스트레일리아 원주민의 말이 등장합니다. 개 세 마리의 체온이 있어야 견딜 수 있을 정도로 매우 추운 밤을 비유한 것이죠. 개들이 오래전부터 사람 곁에서 온기를 나눠 줘 왔음을 알 수 있습니다. 이 책에는 또 미국 생물학자 카를레스 빌라의 말도 실려 있지요. 인간과 개의 동거 생활이 부각된 시기를 마지막 빙하기가 끝날 무렵인 10만여 년 전으로 추정한다는 주장인데, 대단하지요? 이렇게 오래됐다는 것은 인간의 진화 과정에서 우리들 개는 떼려야 뗄 수 없고, 개의 진화 과정에서도 마찬가지로 인간을 떼어 낼 수 없다는 말이 되겠지요. 물론 집에서 기르는 개의 조상은 늑대라고 하니, 기하급수적으로 늘어나는 반려견 가정은 한마디로 잘 길들인 늑대와 함께 사는 것이라 해도 좋습니다.

우리는 이렇게 언제나 인간과 함께 지냈습니다. '서당 개 3년이면 풍월을 읊는다'는 속담이 있지요. 인간의 말을 알아듣지 못하는 개라 할지라도 곁에서 3년을 듣다 보면 흉내는 내게 된다는 뜻인데, 이와 비슷한 내용이 《구잡비유경》에도 나옵니다.

옛날 어느 절에 밤낮으로 경을 외우던 스님이 있었습니다. 그런데 개 한 마리가 스님의 평상 밑에서 지내며 경 외는 소리를 들었는데 어찌나 열심히 귀를 기울이던지 밥도 먹지 않았다고 합니다. 그렇게 몇 해를 지내다 죽은 후 다음 생에 코살라국 수도 슈라바스티에서 여자로 태어났습니다. 여자는 스님이 걸식하러 오면 기쁜 마음으로 밥을 가지고 달려 나와 공양을 올렸습니다. 그러던 어느 날 여자는 스님을 따라가 출가했고, 비구니가 된 이후 열심히 수도한 끝에 최고의 성자인 아라한이 되었습니다.

새삼 눈에 들어오는 구절이 있네요. '스님을 따라가'라는 말입니다. '개가 언제나 주인을 따라가듯이'라는 말을 연상했다면 스님을 비하한다며 꾸짖으실 건가요? 아닙니다. 그만큼 친밀하다는 뜻이지요. 친구 따라 강남 가듯이 그렇게 따라가 스님이 된 겁니다.

외출한 주인이 돌아오면 우리는 마치 수십 년 학수고대한 님을 만나는 것 마냥 기쁨이 온몸에 넘쳐 납니다. 가만히 그 자리에서 기다릴 수가 없어 문밖으로 뛰쳐나가 주인에게 안깁니다. 말할 수 없이 행복하기 때문입니다. 우리들 개는 늘 주인 곁에 머물고 주인을 향해 꼬리를 칩니다. 이런 모습이 인간들에게 사랑스럽게 보이면서도 한편으로는 곱지 않게 비치기도 했습니다. 누군가가 권력자에게 입안의 혀처럼 비굴하게 굴면 늘 개에 빗대 조롱했지요. 먹이 주는 주인의 비위만 맞추는 간사한 동물이라고 여기는 것입니다. 사람은 어쩌면 이리도 단편적인지 모르겠습니다. 개는 사람을 자기가 복종해야 하는 주인이 아니라 곁에서 늘 함께 지내며 체온을 나누고 감정을 나누는 친구라 여깁니다. 그래서 친구를 지켜 주려 제 몸을 던지고, 소식 끊긴 친구를 죽을 때까지 기다리는 것이지요.

개에게 사람은 친구이고, 사람에게 개 역시 아주 오랜 시간 친구였습니다. 이것은 인간의 여섯 가지 감각기관인 눈, 귀, 코, 혀, 몸, 의지를 동물 여섯 마리에 비유하고 있는 《쌍윳따 니까야》 '여섯 동물 비유 경'에서도 확인할 수 있습니다. 감각기관을 잘 다스리지 못하면 여섯 가지 감각기관이 제각각 욕망에 이끌리는데, 그것은 마치 기둥에 묶인 여섯 동물이 저마다 가고 싶은 곳으로 가려 날뛰는 것과 같다는 것이지요. 이 여섯 마리 동물 가운데 개가 등장합니다. 개는 어디로 가고 싶어 할까요? 그렇습니다. 바로 마을입니다. 다른 동물은 숲으로, 산으로, 무덤으로 가려는데 굳이 개는 마을로 가려 한다는 경의 내용을 보자면 우리가 얼마나 사람과 친하게 지내는 동물인지 알 수 있습니다. 우리 고향은 사람들이 사는 곳입니다. 그 오랜 친구를 따라가는 심정으로 탁발승을 따라 출가했을 여성(바로 위 이야기의 주인공인 비구니)의 전생을 개로 설명한 것이 썩 그럴듯하지 않습니까?

수행자의 전생

구도자는 세상 사람들의 삶에 섞이지 않고 홀로 진리를 깨닫기 위해 수행하는 사람입니다. 그래서 구도자는 외롭고 쓸쓸해 보입니다. 물론 이것은 세속 사람들의 관점입니다. 구도자는 홀로이지만 외롭지 않습니다. 그들에게는 진리가 있고, 스승이 있고, 제자가 있고, 도반이 있기 때문입니다.

붓다의 가장 훌륭한 제자인 사리불은 같은 수행자를 알뜰하게 챙겨 주는 사람입니다. 뒤늦게 출가한 수행자들이 지내는 데 불편한 점이 없는지 세심하게 살피는 마음 따뜻한 구도자입니다. 이 사리불에게 균제라는 제자가 있었습니다. 균제는 사실 일찌감치 최고의 성자 자리에 오른 구도자이지만, 자신을 그 경지까지 이르도록 보살펴 준 스승 사리불의 사랑에 보답하기 위해 언제까지나 그의 시자侍者가 되고 싶었습니다. 그래서 아직 예비수행자라는 뜻의 '사미沙彌'로 자신을 낮추며 스승을 섬긴 인물입니다. 사리불이 얼마나 동료와 후배들에게 덕스러운 존재였는지 알 만합니다.

균제는 최고의 성자가 된 뒤 가만히 자신의 능력을 기울여 전생을 기억해 냅니다. 대체 이토록 자신을 알뜰히 챙겨 주는 스승 사리불과 전생에 어떤 인연이 있었는지를 보기 위해서이지요. 그러다 자신의 전생에서 아주 놀라운 광경을 기억해 냅니다.

아주 오랜 전생의 어느 날, 상인들이 개 한 마리를 데리고 무역을 하러 먼 길을 떠났습니다. 한참을 걷다 지친 상인들이 다리쉼을 하기로 했지요. 그런데 상인들이 지쳐 나무 아래 쓰러져 쉬는 틈을 타 개가 그들의 식량을 훔쳐 먹었습니다. 뒤늦게 알아차린 상인들은 불같이 화를 냈습니다. 멀고도 먼 장삿길에 대비해 자신들도 아껴 먹는 식량이었는데 개가 다 먹어 치웠기 때문입니다. 상인들은 화를 이기지 못해 개를 때렸습니다. 몸뚱이 위로 무자비하게 쏟아지는 주먹질과 발길질을 견디다 못해 개는 정신을 잃었지요. 상인들은 여전히 분을 삭이지 못한 채 개가 숨이 끊어지든 말든 내버려 둔 채 길을 떠났습니다.

바로 이때 사리불이 개를 발견했습니다. 황급히 달려가 상처를 치료해 주었고 성에 들어가 탁발해서 음식을 먹였습니다. 거의 죽어 가던 개는 겨우 눈을 떴습니다. 기운이 돌아왔는지 개는 눈을 뜨고 사리불을 올려다보았지요. 그 모습을 본 사리불은 개에게 조곤조곤 말을 건넸습니다. 대체 어떤 이야기를 들려주었을까요?

어쩌면 '삶이란 것은 부서지게 마련이다. 사람도 개도 그것을 면하지 못한다. 아무리 건강하고 세력이 넘치는 존재도 무상함 앞에서 무릎을 꿇게 된다.'라는 무상법문 아니었을까요? 그러니 다음 세상에 사람의 몸을 받고 태어나면 덧없는 세속에 휩쓸리지 말고 구도자가 되라는 축원이 아니었을까요?

개는 사람의 말을 알아듣는 것처럼 귀를 기울였고, 사리불의 속삭임이 끝나자 마지막 숨을 토해 내고 죽었습니다. 그 후에 개는 코살라국 슈라바스티의 어느 부유한 집 아들로 태어났습니다. 부모는 아들에게 균제라는 이름을 붙여 주었고 귀하게 키웠습니다.

그렇게 몇 년이 흘러 사리불이 걸식을 하다 그 집에 이르렀을 때 일입니다. 균제의 아버지가 말했지요.

"스님께서는 사미를 거느리지 않고 홀로 다니시는군요. 제 아들을 제자로 거둬 주십시오."

사리불은 어린 균제를 사미로 받아들였습니다. 그리고 어디를 가든지 늘 함께하며 수행자의 행동거지와 수행에 관해 차분히 일러 주었습니다. 스승의 자상한 인도를 받고 마음그릇이 커진 균제는 마침내 최고의 성자인 아라한의 경지에까지 이르렀지요.

우리는 살면서 큰 행운을 만나면 "전생에 나라를 구했나 보다."라고 말합니다. 균제 사미도 딱 그런 마음이었습니다. 그는 훌륭한 스승의 지도를 받게 된 것이 너무나 감격스러워 자신의 전생을 기억해 냈고, 이렇게 사람들에게 얻어맞아 죽어 가는 개였던 자신을 사리불이 그 마지막을 지켜 주며 격려했음을 기억해 낸 것이지요. 《현우경》

피투성이가 되어 숨을 헐떡이는 개를 품고 상처를 치료하고 음식을 입에 넣어 주며 조곤조곤 말을 건네는 성자의 모습이 그려지지 않나요? 개와 사람의 우정은 성자에게도 통합니다.

떠돌이 개를 살리다

《자타카》에는 붓다 역시 전생에 개로 태어난 적이 있다고 전합니다.

어느 비 오던 날 밤, 왕궁에서 가죽으로 만든 수레 도구가 죄 사라지는 일이 벌어졌습니다. 왕은 진노했고 범인을 잡아들이라 명했습니다. 신하들이 머리를 맞대고 추리한 결과, 딱딱한 가죽이 밤새 비를 머금어 말랑해지니 분명 동네 떠돌이 개들이 하수구를 타고 들어와 먹어 치운 게 분명하다고 결론을 내렸습니다. 신하들은 왕에게 간언했지요.

"떠돌이 개들을 모두 죽여야 합니다. 개들이 범인입니다."

그리하여 개 학살이 시작됐습니다. 그런데 왕궁에서 잘 훈련받고 기름진 음식을 배불리 먹고 지내는 일종의 '애완견'들은 단 한 마리도 피해를 입지 않았습니다. 늘 굶주려 지내는 떠돌이 개들에게만 화가 미쳤지요. 간신히 살아남은 개들은 우두머리 개가 사는 공동묘지로 달려가 제발 살려 달라고 빌었습니다. 우두머리 개는 진짜 범인은 가엾은 떠돌이 개들이 아니라 왕궁의 애완견들임을 알고 왕궁으로 달려갔습니다. 그리고 왕에게 물었습니다.

“저 떠돌이 개들이 폐하의 마구馬具를 먹어 치우는 걸 보셨습니까?”

왕이 보지 못했다고 고백하자 우두머리 개가 말했습니다.

“모든 개를 죽이라고 했는데 왕궁의 개들은 그냥 살려 두셨군요. 왕의 명령은 저울처럼 한쪽으로 치우치지 말아야 하는데 폐하는 결국 ‘약한 자를 죽이라’고 명을 내린 셈입니다.”

그러면서 이렇게 제안합니다.

“닷바풀에 버터기름을 조금 섞어 왕궁의 개들에게 먹여 보십시오. 그러면 가죽 마구를 먹어 치운 범인을 발견하게 될 것입니다.”

풀과 버터기름 섞은 것을 먹은 왕궁의 개들은 즉시 토하기 시작했고, 그 토사물에서 마구의 흔적을 발견한 왕은 자신의 실수를 인정합니다. 값비싼 선물까지 주면서 사과하자 우두머리 개는 “정의를 실천하는 데 게으르지 말 것”을 당부하면서 선물도 거절하고 떠납니다.

왕은 그날 이후 모든 개에게 자신이 먹는 것과 똑같은 음식을 제공하고 우두머리 개가 당부한 내용을 충실히 실천하며 지냈다고 합니다. 잘못을 저질러도 진위를 밝혀 내려 하지 않고 무조건 약한 자에게 죄인의 프레임을 씌우는 인간의 어리석음을 개의 눈으로 지적하고 있지요. '유전무죄 무전유죄'는 예나 지금이나 한결같다는 생각에 씁쓸해집니다. 우두머리 개는 바로 석가모니 붓다의 전생이라고 하지요.

탐욕스럽고 어리석어도

경전에서 우리들 개는 현자의 모습, 구도자의 전생으로만 등장하지는 않습니다. 안타깝게도 탐욕과 어리석음에 절어 있는 인간을 우리에게 빗대는 구절도 심심찮게 만날 수 있습니다. 인간이 욕심을 부리는 데서 멈추지 않고 계속 더, 더, 더를 외치다 끝내 욕망을 다 채우지 못하고 불행에 빠진 채 삶을 마치는 모습을 "굶주린 개에게 살점도 힘줄도 하나 없는 뼈다귀를 던져주면 개는 미친 듯이 뼈를 씹고 핥을 것이다. 하지만 아무리 그렇게 해도 개의 허기는 채워지지 않는다. 탐욕에 이성을 잃고 계속 욕망에 자신을 내던지는 중생도 굶주린 개와 같다."라고 비유하고 있습니다. 《맛지마 니까야》 '뽀딸리야 경'

《종경록》에서는 '흙덩이를 던지면 개는 흙덩이를 좇아간다'

고 말하지요. 달을 가리키면 달을 봐야 하는데 가리키는 손가락을 좇아가는 행동, 진리 그 자체를 보려 하지 않고 문자에 집착하는 어리석음을 개의 행동에 비유한 것입니다.

우리를 어떻게 바라보건 상관없습니다. 오랜 친구인 사람이 그런 비유를 통해서라도 자신의 욕심과 어리석음을 알아차리고 지혜를 품고 마음을 넉넉하게 열 수만 있다면 우리는 '상관없어요'라고 말할 것입니다.

대웅전에서 목탁 소리가 들립니다. 스님 홀로 예불을 모시는데 그 옆의 방석에 절 마당에서 기르는 개 한 마리가 자리하고 있습니다. 수행자의 친구가 되어 주는 개. 어쩌면 온종일 법당을 지키며 붓다를 생각하고 가르침을 되뇌고 성불의 인연을 열심히 맺는 중일지도 모릅니다.

개는 사람을 자기가 복종해야 하는 주인이 아니라 곁에서 늘 함께 지내며 체온을 나누고 감정을 나누는 친구라 여깁니다. 그래서 친구를 지켜 주려 제 몸을 던지고, 소식 끊긴 친구를 죽을 때까지 기다리는 것이지요.

토끼

두려움에 사로잡힌 작고 여린 생명

그들은 태어나자마자 뛴다.
풀 한 입을 위해, 목숨을 위해
조그만 발굽 네 개로 뛰어다닌다.
그렇게 뛰어다닌 결과,
액운에서 달아난 토끼는 얼마나 될까.

《한 사람의 마을》 중에서

토끼가 달린다

나는 새하얀 털에, 두 귀가 길고, 눈은 빨갛고, 앞다리보다 뒷다리가 길어 오르막길에서는 누구 못지않게 빠르게 오를 수 있는 토끼입니다. 오랜 옛날, 나는 야자나무 덤불숲에 살고 있었습니다. 주변에 토끼들이 무리를 지어 살고 있었는데 나는 그들과는 조금 떨어진 곳에서 호젓하게 지내고 있었지요. 어느 날 숲에서 먹이를 구해 와 보금자리에 느긋하게 누웠는데 문득 이런 생각이 들더군요.

'만약 이 땅이 꺼지면 난 어디로 가야 할까?'

땅이 꺼지는데 과연 도망갈 곳이나 있을까요? 이런저런 생각에 잠겨 있는 바로 그 순간 갑자기 바로 옆에서 툭, 하는 소리가 났습니다.

이게 무슨 소릴까요? 이게 바로 땅이 꺼지는 소리가 아닐까요? 그러잖아도 마침 그 걱정을 하고 있었는데 말이지요. 나는 몸을 벌떡 일으켜 주위를 살폈습니다. 이상한 조짐이 보이지는 않습니다. 하지만 난 분명히 들었습니다. 그 '툭' 하는 소리, 그 소리는 대지가 흔들려 갈라질 때 나는 소리가 분명합니다.

이럴 땐 그저 달아나야 합니다. 조금이라도 머뭇거리다 땅속으로 파묻혀 버리면 안 되니까요. 나처럼 힘이 약한 토끼는 그 흙더미를 파헤치고 나올 재간이 없습니다. 그러다 죽으면, 그러다 죽으면…. 아, 안 됩니다. 난 죽기 싫습니다. 죽으면 안 됩니다.

난 무조건 앞으로 뛰어나갔습니다. 뒤에서는 대지가 무너지고 있습니다. 뒤를 돌아보기 무서워 그저 앞만 보며 뛰었습니다. '걸음아 날 살려라' 하고 뛰는데 이웃 토끼 한 마리가 물었습니다.

"무슨 일이야? 왜 그리 사색이 되어 뛰어가는 거야?"

"땅이 꺼지고 있어. 소리를 들었단 말야."

난 소리쳤지요. 그러자 이웃 토끼가 나를 따라 뛰기 시작했고 바로 옆에 무리 지어 살고 있던 토끼들이 하나둘 귀를 쫑긋 세우더니 따라 달리기 시작했습니다. 이렇게 해서 무려 10만 마리나 되는 토끼들이 뒤도 돌아보지 않고 앞으로, 앞으로 달렸습니다. 이 모습을 본 다른 동물들도 덩달아 뛰기 시작했습니다. 사슴이 토끼 뒤를 따라 뛰고 그 뒤로 멧돼지, 고라니, 물소, 들소, 코뿔소, 호랑이, 사자가 덩달아 내달렸고 코끼리까지 뛰기 시작했습니다. 맨 앞에서 정신없이 달아나는 내 뒤로 동물들이 줄줄이 뛰기 시작했는데 훗날 말을 들어 보자니 그 대열이 무려 10킬로미터에 달했다고 합니다.

그런데 정신없이 내달리던 바로 그 순간 커다란 사자 한 마리가 앞을 가로막더니 크게 포효했습니다. 사자왕이 세 번이나 울부짖는 바람에 나와 내 뒤를 따라 달리던 동물들이 얼어붙고 말았습니다. 사자왕이 물었습니다.

"그대들은 왜 이리 도망치고 있는가?"

"땅이 꺼지고 있기 때문입니다."

"땅이 꺼지는 광경을 본 자는 누구인가?"

사자가 코끼리에게 물었습니다. 코끼리가 답했습니다.

"우리는 못 봤습니다. 우리 앞에서 달리던 사자들은 알고 있을 겁니다."

사자가 말했습니다.

"우리도 보지 못했습니다. 아마 호랑이들은 봤을 것입니다."

호랑이들 대답도 마찬가지였습니다. 자기들보다 앞서 달리던 코뿔소가 알 것이라 답했고, 코뿔소들은 들소들이, 들소들은 물소들이, 물소들은 고라니들이, 고라니들은 멧돼지들이, 멧돼지들은 사슴들이 봤을 거라고 대답했습니다. 사슴들이 말했습니다.

"우리도 모릅니다. 토끼들이 혼비백산해 도망치기에 따라서 달렸습니다. 아마 토끼들은 땅이 꺼지는 광경을 보았을 것입니다."

마침내 사자왕은 10만 마리 토끼들에게 땅이 꺼지는 광경을 보았느냐 물었고 토끼들은 나를 가리키며 "이 친구가 그렇게 소리치면서 달아나기에 우리도 따라서…."라고 대답했습니다. 사자왕은 소리가 난 곳으로 돌아가 보자며 자기 등에 올라타라고 했습니다. 나를 태운 사자왕은 한참을 달려 내 보금자리가 있던 야자나무 숲에 도착했고 나는 떨리는 손가락으로 소리가 났던 곳을 가리켰습니다.

"바로 저기에서 땅이 꺼지는 소리가 났습니다."

사자왕은 용감하게 그곳으로 향했습니다. 그러더니 어이가 없다는 듯 고개를 절레절레 흔들며 말했습니다.

"나무 열매 하나가 떨어져 있구나. 그러니까 토끼 너는 이 열매 떨어지는 소리에 겁을 집어먹고 땅이 꺼진다며 달아났단 말이지?"

'설마 그럴 리가' 하면서 용기를 내서 그곳으로 다가갔습니다. 그리고 나를 그토록 겁을 주어 내달리게 했던 것이 별 볼 일 없는 나무 열매 하나였음을 내 눈으로 확인했습니다. 사자왕은 다시 나를 태우고 동물들이 기다리고 있는 곳으로 날듯이 달려가 그들에게 이 사실을 들려주면서 "그대들은 겁을 내지 말라. 두려워하지 말라."라며 안심시켰습니다. 《자타카》

그때 사자왕이 우리를 멈춰 세우지 않았다면 모든 동물들이 바로 앞 절벽까지 내달렸을 테고 그러다 끝내 깊은 바닷속으로 떨어져 죽고 말았을 것입니다. 상상만 해도 끔찍합니다. 하마터면 돌이킬 수 없는 불행을 불러올 뻔한 나의 어리석음이 부끄러워 견딜 수 없습니다.

세상에는 숱한 소리가 일어났다 사라지고 있습니다. 아무 의미 없는 소리도 있고 깊은 뜻을 담고 있는 소리도 있습니다. 귀는 언제나 열려 있기에 세상에서 나는 소리 앞에 속수무책입니다. 그렇다고 들려오는 모든 소리에 일희일비해 경거망동할 수는 없습니다. 나뭇가지에서 잘 익은 열매가 툭 떨어졌는데도 세상이 끝난 것처럼 놀라 도망친 나를 보십시오. 그리고 그런 나를 뒤따라서 확인해 보지도 않고 덩달아 도망친 동료들을 보십시오.

여린 생명의 마지노선

작고 여린 토끼인 나는 사실 주변에서 작은 소리만 들려도 오싹 움츠러듭니다. 맹수들이 덮칠까 봐 그렇습니다. 나는 저들의 한입 거리밖에 되지 않기 때문입니다. 언제나 '죽으면 어떻게 하지'라는 생각에 사로잡혀 있다 보니 사소한 소리에도 죽기 살기로 일단 달아납니다. 이런 내 모습이 어떠신가요? 가련하기 짝이 없는 미약한 중생임에 틀림이 없지요? 그런데 이건 아셔야 합니다. 그 가여운 생명들의 마지노선이 바로 우리들 토끼라는 사실을 말입니다.

소설가 박범신은 우리들 토끼를 제목으로 한 단편소설에서 이런 이야기를 소개합니다.

“잠수함 이야기를 아시오? 옛날의 잠수함은 어떻게 함 내의 공기 중에서 산소 포함량을 진단해냈는지. (중략) 토끼를 태웠답니다. 그래서 토끼의 호흡이 정상에서 벗어날 때부터 여섯 시간을 최후의 시간으로 삼았소. 말하자면 토끼가 허덕거리기 시작하여 여섯 시간 후엔 모두 질식하여 죽게 되는 거요. 그 최후의 여섯 시간 동안 어떠한 조치도 취하지 않는다면 끝장이란 말이오.” 《토끼와 잠수함》

공권력이 시민을 함부로 위협하고 폭력을 행사해도 누구 하나 이의를 제기하지 못하던 시절을 배경으로 쓰인 작품입니다. 생계 때문에 법규를 어긴 힘없는 서민들이 경찰호송차에 태워져 공권력의 위압에 한없이 떨고 있는 모습을 그리고 있지요.

세상은 갑과 을의 권력 관계에서 자유롭지 않습니다. 갑은 을을, 을은 병을, 병은 정을…. 사람들은 자기보다 약한 존재를 찾아내어 한풀이라도 하려는 듯 그들을 괴롭힙니다. 가장 밑바닥에서 기본권이 짓밟힌 이들은 잠수함의 토끼처럼 허덕거리는 일 말고는 할 수 있는 것이 하나도 없습니다.

그 약한 자들이 허덕거릴 때 "억울하면 출세해."라고 으스대는 것이 세상 기득권자들의 모습입니다. 약한 자들은 그들 앞에서 더욱 겁을 집어먹고 비굴하게 굴며 심지어 악행도 저지릅니다. 살아남기 위해서요.

하지만 앞서 《자타카》 이야기처럼, 잔뜩 겁을 먹은 토끼인 나를 등에 태우고 그 불안의 근원으로 데리고 간 사자도 있습니다. 나는 사자 덕분에 내 눈으로 확인하였고, 내 어리석음을 알아차리고 두려움을 털어 내 버렸습니다. 바른 안목을 지니고 보니 두려울 것이 없었습니다.

두려움이 시작된 자리를 찾아가자

지상의 모든 생명체는 하나같이 미약합니다. 누구나 상처받기를 두려워하고, 죽을까 봐 겁을 먹고 있지요. 마음공부를 하면 그런 두려움을 시원스레 벗어 버릴 수 있다지만 중생인 이상, 그런 마음공부가 쉽지 않음을 인정해야겠습니다.

바른 견해를 지니고 있지 못하기에 늘 두려움을 안고 살아가고, 착각한 것을 고쳐 알지도 못한 채 자신의 착각을 사실이라 믿어 버리는 것이 중생입니다. 착각하는 것에서 끝나면 그나마 다행입니다. 착각을 진실이라 믿고서 걸핏하면 달아납니다. 마치 어두운 밤 산길에서 똬리를 튼 뱀을 보고 놀라 달아나는 사람처럼 말이지요. 그는 겁먹고 달아나느라 어두운 산길에 돌부리에 걸려 넘어져 상처가 나고 크게 다치기도 합니다. 그러면 두려움은 더욱 커지지요.

다음 날 환한 낮이 되면 지난밤의 소동을 떠올리며 어떤 용감한 이는 뱀을 본 그곳을 다시 찾아가기도 합니다. 그러고는 '커다란 뱀이 똬리를 틀었다'고 본 것이 다름 아닌 굵은 동아줄이었음을 확인합니다. 확인하는 순간 두려움은 사라집니다. 그 사람은 더 이상 두려움에 사로잡혀 도망치지도 않고 도망치느라 다치지도 않습니다.

그런데 대부분의 사람은 확인할 엄두도 내지 못한 채 지난밤에 본 것이 뱀이라고 믿어 의심치 않습니다. 착각은 그렇게 사람의 마음에 굳게 자리 잡고, 그 사람은 영원히 착각 속에 살아갑니다. 나무 열매 떨어지는 소리를 땅이 꺼지는 소리라 제멋

대로 판단해 버리고 무조건 달아나기만 한 나와 다를 바가 없습니다.

수행은 그 두려움의 근원으로 찾아가 보는 것 아닐까요? 내가 본 것이 제대로 본 것인지, 내가 들은 것이 제대로 들은 것인지, 혹시 어떤 착각이 나를 이렇게 윤회의 벌판으로 내몬 것은 아닌지 더듬더듬 찾아가 보는 것이 수행입니다.

토끼인 내가 맹수처럼 뭇 동물들을 힘으로 제압할 수는 없습니다. 깊고 깊은 지혜를 얻어 현자가 되기도 쉽지 않습니다. 하지만 내 두 다리로 내가 헛짚어 내달려 온 그 길을 되돌아가, 무엇이 나를 끝없는 두려움에 사로잡히고 날뛰게 했는지 바로 보는 일은 할 수 있습니다. 바로 본다는 것, 이것은 나약한 중생이 제 인생의 주인공이 되는 첫 번째 시도입니다. 토끼처럼 겁에 질려 내달리기만 하는 약한 중생이라면 용기를 내어 불안의 근원을 찾아가 보시기를 권합니다.

두렵다고요? 걱정하지 마십시오. 겁이 나서 감히 돌아가 볼 생각을 하지 못할 때, 이런 작고 여린 나를 등에 태우고 달려가 주는 사자를 기억해 보십시오. 그 사자는 바로 보살이요 부처입니다. 나약한 중생의 마음에 두려움을 없애 주는 불보살님이 계신데 뭐가 두렵습니까. 불보살님이 사자왕처럼 의지처가 되어 주실 겁니다. 그러니 사자를 믿은 토끼처럼 불보살님을 믿고서 그 길을 걸어가 봅시다. 내 눈으로 제대로 보는 것만이 나를 불안과 두려움과 고통에서 풀려나 저 활짝 열린 큰길을 자유롭게 활보하게 해 줄 것입니다. 그 길만이 내가 내 인생의 주인공이 되는 길입니다. 그렇게 범부의 삶에서 구도자의 삶으로, 나아가 불보살의 삶으로 거듭나야 합니다.

토끼인 내가 맹수처럼 뭇 동물들을 힘으로 제압할 수는 없습니다. 깊고 깊은 지혜를 얻어 현자가 되기도 쉽지 않습니다. 하지만 내 두 다리로 내가 헛짚어 내달려 온 그 길을 되돌아가, 무엇이 나를 끝없는 두려움에 사로잡히고 날뛰게 했는지 바로 보는 일은 할 수 있습니다. 바로 본다는 것, 이것은 나약한 중생이 제 인생의 주인공이 되는 첫 번째 시도입니다.

사슴

맛에 집착하는 당신에게

사냥꾼이 그물을 치고 기다리지만
사슴은 그물에 걸려들지 않네.
사냥꾼이 울어도 상관하지 않고
사슴은 먹이를 먹고 떠나간다네.

《맛지마 니까야》 '랏타빨라 경' 중에서

달콤한 풀의 유혹

풀을 먹는 나는 사슴입니다. 홀로 다니기보다 무리를 지어 다니며 산과 숲을 거침없이 뛰어다니지요. 사람들은 나를 보면 환호성을 지르며 다가옵니다. 고운 털빛과 초롱초롱한 눈망울 그리고 날렵한 몸매에 반했기 때문입니다. 그런데 우리는 사람들이 다가오면 다가올수록 멀리 도망칩니다. 너무 무섭거든요. 사람들 인기척만 느껴져도 심장이 오그라들어 기절할 것만 같습니다. 그러니 도저히 사람들과 친해질 수가 없지요. 우리는 풀만 먹고 살아서 금방 허기가 지기 때문에 언제나 먹을 것을 찾아다닙니다. 어떤 때는 과감하게 사람 사는 마을로 내려가기도 합니다. 사람들이 정성스레 가꾸는 논밭은 미안하지만 우리의 식탁입니다. 우리는 작물을 정신없이 허겁지겁 먹어 치웁니다. 그러나 행여 사람들이 다가올까 두려워 늘 감각을 예민하게 열어 두고 있습니다. 여차하면 달아나야 하기 때문입니다. 아무리 맛난 풀도 미련 없이 버리고 돌아서는 것이 바로 우리들 사슴입니다.

그런데 이따금 먹이에 정신이 팔려 사람에게 붙잡히는 녀석도 있습니다. 내가 그랬습니다. 그 이야기를 들려드리겠습니다.

아주 먼 옛날 일입니다. 여느 때와 마찬가지로 나는 신선하고 맛난 풀을 찾아 숲속을 이리저리 다니고 있었습니다. 그러다 아주 잘 가꿔진 동산에 들어가게 되었지요. 왕의 정원이 틀림없습니다. 왕의 소유지라 그런지 사람들은 보이지 않았습니다. 다행입니다. 나는 조용한 동산을 이리저리 다니며 풀을 먹었습니다.

연못에서 물도 마셨지요.

그런데 유유히 이곳저곳을 다니다 저 멀리서 한 남자를 발견했습니다. 그러면 그렇지. 사람이 없을 리가 없지요. 사람을 본 순간 내 몸은 본능적으로 펄쩍 뛰어올랐습니다. 잡히면 안 됩니다. 나는 힘이 없어서 사람에게 잡히면 저항도 못 하고 목숨을 잃게 되기 때문입니다. 정신없이 달아나다 뒤를 흘깃 돌아봤습니다. 그런데 이게 웬일인가요? 나를 잡으러 올 줄 알았던 남자가 보이지 않았습니다. 쫓아오다가 포기하고 돌아선 걸까요? 그래도 사지는 벌벌 떨렸습니다.

'잡히면 죽을 거야.'

한참을 달아나 동산에서 멀찌감치 떨어졌는데도 여전히 몸은 떨렸습니다.

'절대로 근처에 가면 안 돼!'

나는 스스로 굳게 맹세했습니다. 그런데 혼자만 유난을 떨었나 봅니다. 며칠이 지나 신선한 풀을 찾아 이리저리 다니다 다시 왕의 동산에 들어가게 됐습니다. 역시나 지난번에 보았던 남자가 동산을 가꾸고 있었는데, 가만히 살펴보니 남자는 내가 동산에 들어왔는지 풀을 먹는지 아예 관심이 없는 듯했습니다. 그날은 멀찌감치 서서 경계를 하다 돌아섰습니다. 그다음 날에 찾아가고 또 다음 날에 찾아가고…. 그렇게 몇 번을 조심스레 다녀봤는데 걱정할 일은 일어나지 않았습니다. 자신감이 생겨 왕의 동산이 나만의 정원인 양 유유자적하게 돌아다니며 풀을 먹고 샘물을 마시게 되었지요.

그렇게 행복하게 지내던 어느 날. 동산에 들어가 풀을 먹는데 어찌 된 일인지 아주 달콤한 맛이 느껴졌습니다. 예전에도 이렇게 신선하고 달콤한 풀이 있었던가요? 나는 그 달콤함에 취해 정신없이 먹었고, 문득 정신을 차려 보니 어느 결엔가 정원지기가 옆에 서 있는 걸 알아차렸습니다. 기절할 것만 같았습니다. 온몸에 소름이 돋았지요. 이제 죽었다는 생각에 무조건 내달려야겠다는 맘이었습니다. 하지만 그의 손에 들려 있는 풀이 나를 유혹했습니다. 달콤한 풀이었습니다. 이제까지 먹어 본 중에 가장 달콤했습니다. 정원지기의 손에 쥐여 있는 풀을 포기할 수가 없었습니다. 나는 그 달콤한 맛에 지고 말았습니다. 정원지기가 내미는 풀은 먹어도 먹어도 끝이 없었습니다.

그런데 그가 자꾸 움직였습니다. 어쩐지 내게 신선하고 달콤한 풀을 연이어 내밀면서도 그는 뒷걸음질을 치는 것 같았습니다. 괜히 경계하다 보면 남자가 주는 풀을 놓칠 것만 같았습니다. 나는 행여 풀을 놓칠세라 그의 곁에 바싹 다가갔습니다. 그의 손에서는 달콤한 풀이 연이어 나왔고, 나는 뒷걸음질 치는 그를 계속 따라가면서 맛난 풀에서 입을 떼지 않았습니다.

얼마나 먹었을까요? 갑자기 와~ 하는 함성이 들렸습니다. 깜짝 놀라 둘러보니 나는 어느새 왕궁 안 깊숙이 들어와 있었습니다.

'달아나야 해!'

나는 정신이 번쩍 들어 그길로 내달렸습니다. 어디로 가야 하는지 모르겠지만 무작정 달아났지요. 그러나 내 몸 위로 그물이 덮이고 발에는 밧줄이 묶였습니다. 나는 쓰러졌습니다. 이제 나는 어떻게 될까요? 금세 죽임을 당할까요? 그래서 왕의 식탁 위에 놓이게 될까요? 아니면 이렇게 묶이고 갇혀서 죽을 때까지 사람들의 구경거리로 지내게 될까요? 무서워 견딜 수가 없었습니다.

바들바들 떨고 있는데 저 높은 누각 위에서 왕이 말했습니다.

"사슴이란 동물은 인간이 나타난 곳에는 7일 동안 가지 않고, 위협을 당한 곳에는 죽어도 가지 않는다. 이 녀석은 그런 밀림에 사는 사슴이면서 맛에 집착하고 미각의 포로가 되어 지금 이곳까지 제 발로 걸어왔구나. 아, 실로 세상에서 미각에 탐착하는 것보다 더 나쁜 것은 없을 것이다."

왕은 또 말했지요.

"집에 대한 탐착도 있고 교제에 대한 탐착도 있지만 가장 무서운 것은 음식에 대한 탐착이다."《자타카》

몸을 해치는 먹이

일생을 살아가자면 집도 있어야 하고 옷도 있어야 하고 이런 저런 교제도 필요하지만 뭐든 지나치면 안 되는 법입니다. 집착하면 탈이 나게 마련이니까요. 그런데 맛에 집착하는 것이 가장 위험합니다. 달콤한 맛에 사로잡히면 판단력마저 흐려지고 결국 몸을 망치게 되기 때문입니다. 왕의 동산에서 노닐다 사로잡히고만 나를 보십시오. 우거진 숲에서 자유롭게 뛰어다니며 지내던 내가 신선하고 달콤한 맛에 취해 사람들에게 잡히고 말지 않았습니까.

음식의 맛에 집착하는 바람에 죽음이라는 비극을 맞이하는 존재는 사슴만은 아닐 것입니다. 살려면 먹어야 합니다. 먹어야 삽니다. 하지만 그 먹이가 몸을 해칠 때가 많습니다. 건강을 해치는 주된 이유는 사람이 먹는 음식에 문제가 있고, 맛에 탐착해 과식하기 때문인 경우가 많습니다. 먹이에 집착하는 바람에 손쉬운 사냥감이 되어 버리는 사슴 이야기는 또 있습니다. 들어보시죠.

사냥꾼과 사슴의 두뇌 싸움

사슴 사냥꾼들은 늘 함정을 파고 미끼를 놓아두고서 사슴을 기다리고 있습니다. 그들은 이렇게 생각합니다.

'사슴들이 내가 놓은 미끼에 완전히 정신이 팔려 먹어 치워야 할 텐데. 미끼의 맛에 홀려 정신없이 먹다가 그 맛에 취해 버리고, 맛에 취해 경계심이 흐려지고, 그렇게 마음이 게을러져 덫에 걸려들어야 할 텐데. 그러면 나는 사슴을 사로잡아 내가 하고 싶은 대로 할 수 있을 것이다.'

세상을 살아가면서 자유를 잃는 것보다 더 슬픈 일이 없습니다. 사슴 사냥꾼들은 사슴을 사로잡기 위해 맛난 미끼를 숲속에 놓아두고 기회를 노리는데, 아무리 사람을 무서워하는 사슴이라도 그 맛에 취해 버리면 순식간에 사냥꾼에게 붙잡혀 자유와 목숨을 빼앗기고 맙니다. 그런데 사슴 무리 중에 첫 번째 무리가 그만 미끼를 덥석 물고 말았습니다. 사냥꾼이 노리던 희생물이 된 것이지요. 이 소식이 사슴들 사이에 퍼졌습니다.

그러자 두 번째 사슴 무리가 생각했습니다.

'조심해야 한다. 절대로 사냥꾼의 미끼를 물어서는 안 된다. 모든 먹이는 우리 목숨을 위협하니 앞으로는 어떤 것도 먹지 말아야겠다.'

이들이 다니는 곳에 놓인 먹이는 거의 다 사냥꾼의 미끼였는데 두 번째 무리는 단 한 입도 먹지 않았습니다. 하지만 아무것도 먹지 않고 지내다 보니 몸이 쇠약해졌고 결국 배고픔을 견디다 못한 사슴들은 사냥꾼의 미끼를 먹고 말았습니다. 굶주린 끝에 베어 문 먹이는 상상 이상으로 달콤했습니다. 두 번째 사슴 무리도 정신없이 미끼를 먹다 사냥꾼에게 붙잡히고 말았지요.

이 소식이 사슴들에게 전해졌습니다. 그러자 세 번째 사슴 무리는 생각했습니다.

'두 무리는 미끼를 덥석 물었다가 사로잡히고 말았다. 그런데 우리가 살고 있는 이 숲에서는 사냥꾼들이 놓은 미끼를 먹지 않고는 살아갈 수 없다. 미끼를 먹더라도 그 맛에 홀려 경계심을 잃지 않을 방법이 없을까.'

생각 끝에 세 번째 사슴 무리는 미끼에서 멀리 떨어지지 않은 곳에 은밀한 거처를 마련했습니다. 배고플 때면 조심스레 미끼로 다가가 먹어 치운 뒤 여차하면 자신들만의 거처로 달아나 몸을 숨기기 위해서지요. 사냥꾼들은 세 번째 사슴 무리의 꾀에 놀랐습니다. 사슴들이 미끼를 먹는다는 사실을 알아차리고 다가갔지만 감쪽같이 사라져 버리는 일이 몇 번 되풀이되었기 때문입니다. 사냥꾼들도 꾀를 냈습니다. 미끼 둘레에 커다란 그물을 친 것이지요. 안타깝게도 세 번째 사슴 무리는 사냥꾼들의 그물망을 알아차리지 못했습니다. 미끼를 먹고 달아나다 그물에 걸려들었고, 그들 역시 자유와 목숨을 빼앗기고 말았습니다.

이 소식이 전해지자 또 다른 사슴 무리는 생각했습니다.

'사냥꾼들이 접근할 수 없는 곳에 은신처를 마련해야 한다. 사냥꾼들이 놓은 미끼를 먹지 말고 숲속의 다른 풀을 먹으며 지내야 한다. 그러면 미끼로 놓인 먹이에 정신이 팔리지도 않고, 경계심이 흐트러지지도 않아서 저들에게 붙잡히지 않을 것이다. 사냥꾼의 손아귀에 우리 목숨이 놓이는 일은 절대로 일어나지 않을 것이다.'

이들은 아예 사냥꾼들이 오지 못하는 곳에 거처를 마련했습니다. 그리고 배가 고프다고 해서 저들의 미끼를 물지 않았지요. 미끼에 정신이 팔리지도 않았고, 경계심이 흐트러지지도 않았기 때문에 사냥꾼에게 잡히지 않았습니다.

사냥꾼들은 이들마저 잡으려고 그물망을 쳤지만 끝내 사슴들의 자취를 알아내지 못했습니다. 사냥꾼들은 혈안이 되어 사슴들을 붙잡으려다가 문득 생각했습니다.

'우리가 이들을 붙잡으면 또 다른 사슴들이 우리 의도를 알아챌 것이다. 그렇게 되면 모든 사슴이 우리 덫을 피해 나갈 것이다. 그러니 이 네 번째 사슴 무리를 봐주는 것이 우리에게는 더 나을 것이다.'

이렇게 해서 네 번째 사슴 무리는 영원히 사냥꾼의 손아귀에서 벗어나 자유를 누리고 온전히 살아갈 수 있었습니다.

첫 번째 사슴 무리는 미각을 단속하지 못해 맛에 이끌려 정신없이 먹다가 몸을 망치고 삶을 허망하게 마감하는 사람을 비유합니다. 자극적일수록 맛이 좋습니다. 자극적인 음식들은 많습니다. 달콤한 맛, 짜디짠 맛 그리고 모공이 열려 땀이 송골송골 맺힐 정도의 매운맛이 그렇습니다. 절제하고 또 절제해야 할 세상 음식 맛이지요.

두 번째 사슴 무리는 음식 맛에 집착하는 것이 좋지 않음을 알고서는 극단적으로 세상 음식을 멀리합니다. 극단은 또 다른 극단으로 쏠리게 마련이지요. 한순간에 마음이 흔들리고 결심이 무너져 오히려 세상 음식에 집착하고, 그래서 커다란 괴로움을 맞아들이는 사람을 비유합니다.

세 번째 사슴 무리는 세상의 음식은 음식대로 먹으면서 나름대로 지혜롭게 처신한다고는 하지만 역시나 맛의 노예가 되어버리는 사람을 비유합니다. '하루에 한두 잔 정도는 괜찮아'라며 나름 자신이 술을 절제한다 생각하지만 이 역시 술에서 헤어나지 못하고 있는 것입니다. 타협하는 삶이 현명하다고 하지만 결국은 그 손아귀에 잡히게 마련입니다.

마지막 네 번째 사슴 무리는 세상에서 주어지는 모든 것들에 맛을 들이면 욕심을 제어하지 못하게 되고, 바라던 것을 얻지 못하면 분노에 휩싸인다는 사실을 정확하게 갈파한 사람을 비유합니다. 왜 그런 자극적인 맛에 빠져 헤어나지 못하는지 그 이유를 정확하게 알아차린 경우입니다. 그 이유가 욕심과 분노라는 번뇌 때문이요, 번뇌로 인해 자극적인 맛에 빠지고 그러다 삶이 피폐해진다는 사실을 잘 살피는 것입니다. 달콤한 맛은 하나의 극단입니다. 그것에 치우치면 어떤 폐단이 있는지를 정확하게 알면 그 극단에 빠지지 않습니다. 대충 타협하면 또 어떤 유혹에 이끌리는지를 알기에 역시 그에 빠지지 않습니다. 이렇게 잘 살펴서 세상 모든 것에 집착하지 않는 것을 비유합니다. 아예 사냥꾼이 미끼를 놓은 곳 근처에는 가지 않는 것이지요.
《맛지마 니까야》 '미끼의 경'

바람 소리에 놀라는 사슴처럼

몸담고 살아가는 이 세상에서 어떻게 처신하고 절제하면 좋을까요? 세상살이가 내게 주는 달고 쓰고 시고 새콤한 온갖 맛에 언제까지 얽매여서 이 맛에서 저 맛으로 옮겨 가며 살아야 하는 걸까요?

정신없이 세상맛에 빠져들면서 '이러다 파산하면 어떻게 하지?' '이러다 병에 걸리면 어떻게 하지?' '이러다 죽으면 어떻게 하지?' 하며 두려움에 떠는 존재들. 그러면서도 절대로 세상맛에 대한 집착을 떠나지 못하는 존재들은 바스락거리는 소리에도 놀라 죽어라 내달리면서도 달콤한 맛이 그리워 미끼를 덥석 무는 우리들 사슴과 다를 것이 없습니다. 《쌍윳따 니까야》에서는 마음을 단단히 공부시키지 않았기 때문에 온갖 세상 소리에 주눅 들고 두려움에 휩싸이는 사람들을 가리켜 바람 소리에도 놀라는 숲속의 사슴 같다고 말하고 있지요.

세상 음식을 맛보면서 지금까지 살아왔다면 이젠 다른 맛을 보아도 좋지 않을까요? 붓다는 우리가 진정으로 맛 들여야 할 것으로 참선을 권하고 있습니다. 참선의 맛은 세상의 그 어떤 음식보다 맛있고, 정결하고, 병들지 않게 한다고 말합니다. 앞서 네 번째 사슴 무리가 바로 세상의 맛이 아닌 참선의 맛을 보며 살아가는 사람을 비유하고 있습니다. 번뇌라는 악마에 사로잡히지 않고 내 인생을 마음대로 자유롭게 살아갈 수 있는 유일무이한 방법이라고 하니, 이렇게 훌륭한 맛을 어찌 보지 않을 수 있을까요?

하루 중 어느 때라도 좋습니다. 아주 잠깐이라도 조용히 자세를 가다듬고 천천히 들숨과 날숨에 집중하며 사방으로 활짝 열린 감각 기관을 내 안으로 거두어들여 보기를 권합니다. 그렇게 집중하는 힘을 기르다 보면 바람 소리에도 놀라 죽어라 내빼는 사슴 같은 모습은 당신에게서 사라질 것입니다.

III
그렇게만 보지 말아요

원숭이는 간사해, 여우는 교활해, 곰은 미련해.
여러분도 그렇게 생각하시나요?
우리에게 덧씌워진 부정적인 시선을 거두어 주세요.
우리에게서 당신의 또 다른 모습을 볼 수 있을 테니까요.

원숭이

사람을 닮아 슬픈 원숭이

산란한 마음은
기러기 깃털보다 더 가볍게 나부끼고
쉬지 않고 흩어지며 눈 깜짝할 새 지나가는 돌풍이고
원숭이보다 제어하기 더 어렵고,
반짝하고 사라지는 번개보다 더 재빠르다.

《대지도론》 중에서

사람 흉내

너무 추웠습니다. 사람들 곁으로 가면 위험한 줄 알고 있지만 그날은 추워 견딜 수가 없었습니다. 우리 같은 원숭이에게 추위는 치명적입니다. 나는 달달 떨면서 온기를 찾아 헤맸습니다.

그러다 멀리 떨어진 곳에서 연기가 피어오르는 걸 발견했습니다. 연기가 있다는 건 불이 있다는 말이겠지요. 연기에 이끌려 나뭇가지들을 양손으로 붙잡으며 날듯이 그곳으로 나아갔습니다.

그곳에는 움막이 있었고, 두 사람이 있었습니다. 따뜻하게 모닥불을 피워 둔 채 아버지로 보이는 어른이 누워 있고, 소년이 그의 발을 주무르고 있었습니다. 그들 곁으로 다가가 불을 쬐고 싶었습니다. 하지만 그러지 못했습니다. 저 사내가 나를 쫓아낼 것이 틀림없기 때문입니다. 아마 돌팔매질도 당할 것입니다. 그래도 저 따뜻한 불의 유혹을 이기지 못하겠습니다. 이렇게 추운데요. 방법이 없을까….

나는 가만히 소년을 살펴봤습니다. 어른이라면 나를 원숭이라며 쫓아내겠지만 아직 어린 소년의 눈은 속일 수 있을 것 같았습니다. 두리번거렸습니다. 아하, 대충 몸에 두르면 수행자처럼 보일 나무껍질로 만든 누더기가 저기 한 벌 놓여 있네요. 나는 누더기를 몸에 두르고 긴 나뭇가지를 지팡이로 삼아 다가갔습니다.

세상의 동물 가운데 사람처럼 두 발로 걷고 두 손을 자유롭게 쓸 수 있는 녀석이 우리 원숭이 말고 또 있을까요? 나는 수행자처럼 머리를 숙이고 천천히 불 곁으로 다가갔지요. 정체가 드러날까 봐 가슴이 쿵쾅거리지만 추위에 어쩔 수가 없었습니다. 소년이 고개를 들었습니다. 누더기로 온몸을 휘감았기에 두 손도 두 발도 그리고 머리도 드러나지 않은 나를 보더니 소년이 몸을 움직여 자리를 내주었습니다. 마치 따뜻한 자리로 초대하는 듯했습니다.

나는 고마운 마음에 모닥불 가까이 자리했습니다. 불기운에 밤새 꽁꽁 얼었던 몸이 따뜻해지면서 이제야 좀 살 것 같았습니다. 그런데 순간 벼락같은 호통이 떨어졌습니다. 소년의 아버지였습니다. 그가 소리쳤습니다.

"썩 꺼져라, 이 원숭이야. 어디 감히 사람의 흉내를 내느냐."

정체가 탄로 났습니다. 따뜻한 불기운에 막 취하려던 찰나 정신이 번쩍 들었습니다. 친절하게 자리를 내어 준 소년의 낯빛이 벌겋게 달아올랐습니다. 한눈에도 소년은 당혹하고 민망해 하는 것 같았습니다. 그런 소년을 속인 것이 미안해 나는 허겁지겁 도망쳤습니다. 등 뒤로 아버지가 소년에게 호통을 치는 소리가 들려왔습니다.

“아들아, 사람에게서 이런 얼굴을 본 적 있느냐! 너는 어떻게 사람과 원숭이도 구별하지 못하느냐. 이렇게 지혜롭지 못해서야, 원 쯧쯧….” 《본생경》

사람들은 이런 나를 또 무엇이라 비난할까요? 순진하기 이를 데 없는 소년을 속인 교활한 존재라 손가락질할 테지요. 그리고 이 일이 세상에 알려지면 사람과 원숭이를 구별하지 못하는 소년에 빗대어 어리석음을 새롭게 규정하겠지요. 모든 것은 사람 흉내를 너무 교묘하게 잘 낸 우리들 원숭이 탓입니다.

하지만 그걸 아시는지. 나는 사람을 흉내 내지 않았다는 사실을 말입니다. 그저 살아남기 위해서 열심히 머리를 굴렸을 뿐입니다. 골똘하게 생각해 꾀를 내고 그걸 행동에 옮겼던 것입니다. 체코 작가 카프카는 이런 원숭이를 단편소설 주인공으로 삼기도 했지요. 원숭이 한 마리가 멀리 떨어진 대륙에서 잡혀 좁디좁은 쇠창살 케이지에 갇혀 유럽 대륙으로 실려 왔습니다. 그 원숭이는 사람 흉내를 내며 인기를 얻게 되었고, 사람도 아닌데 사람처럼 보인 까닭에 자신의 행동을 해명하는 보고서까지 학술원에 제출해야 했지요. 그렇습니다. 《학술원에의 보고》라는 짧은 단편소설이 그것입니다.

그 원숭이는 서지도 앉지도 못하는 좁은 케이지에 갇혀 어떻게든 살아남으려 발버둥 쳤습니다. 자유를 꿈꿨다고요? 천만에 말씀입니다. 그저 좁은 케이지에서 빠져나갈 출구를 찾으려 했습니다. 나가기만 하면 됐습니다. 자신이 태어나 잡혀 오기 전까지 보냈던 삶의 방식이 그리웠던 것이지요. 사람들이 말하는 '자유'라는 그런 사치스러운 행위는 아니었습니다. 살기 위해 발버둥 쳤고, 사람의 흉내를 내야 살 수 있었습니다.

원숭이 같은 마음

사람이란 존재가 그렇지요. 비위를 맞춰 주고 마음을 흡족하게 해 주면 너그러워집니다. 원숭이가 사람 옷을 입고 사람처럼 엉덩이를 흔들며 걸으니 박수를 보냈습니다. 하지만 원숭이 지명도가 높아지고 인기가 하늘 높은 줄 모르고 치솟자 사람들은 급격하게 원숭이를 경계하기 시작했습니다. 그 마음이란 것, 사람의 마음이란 것이 어찌나 파도처럼 요동을 치던지요.

바로 이 대목에서 슬그머니 웃음 지을 일이 벌어집니다. 한순간이라도 한곳에 진득하게 안주하지 못하는 인간의 마음을, 원숭이가 나뭇가지를 타고 다니는 것에 비유하고 있기 때문입니다. 심원의마라는 말이 있습니다. '마음은 원숭이처럼 쉴 새 없이 요리조리 돌아다니고, 뜻은 고삐 풀린 야생마처럼 길길이 날뛴다'는 뜻이지요. 마음이란 녀석이 그렇습니다. 한순간 안주할 곳을 찾아 쉴 새 없이 뛰어다닙니다. 그렇다고 마냥 허공을 돌아다니는 건 아닙니다. 마음은 허공에 안주할 수 없는 법이니까요. 원숭이가 한쪽 손을 나뭇가지에 걸고 몸을 앞뒤로 흔들다가 반동을 이용해 다른 나뭇가지에 손을 걸고 이동하는 것처럼, 인간의 마음이란 것이 그렇습니다. 쉴 새 없이 움켜쥘 대상을 찾고 그 대상이 보이면 순식간에 움켜쥡니다.

수행이란 것도 따지고 보면 마음을 비우는 것이라기보다 마음을 제대로 안주시킬 어떤 지점에 잘 놓아두는 연습이라 할 수 있겠지요. 우리들 원숭이도 그렇게 쉬지 않고 나뭇가지를 붙잡으며 온 숲을 돌아다니다가 단단한 나뭇가지를 만나면 그곳에서 쉽니다. 바로 그렇게 마음을 공부하는 것이 수행이겠지요.

원숭이의 공양

이런 전설도 있습니다.

어느 날 붓다가 제자들과 함께 우거진 숲을 거닐고 있었습니다. 모두 지니고 있던 발우를 맨땅에 내려놓은 채 한가한 여유를 즐기고 있었지요. 그때 원숭이 한 마리가 그 많은 발우 중 딱 하나를 집어 들더니 나무 위로 올라갔습니다. 그 발우는 바로 붓다의 것이었습니다. 제자들은 비명을 지르며 원숭이를 붙잡으려 했습니다.

붓다는 제자들을 진정시켰지요.

"침착하라. 저 원숭이가 발우를 깨뜨리지는 않을 것이다."

원숭이는 붓다의 발우를 집어 들고 재빠르게 사라나무 위로 올라가더니 벌꿀을 가득 담아 내려왔습니다. 그리고 붓다 앞으로 나아가 공손히 올렸지요. 그런데 붓다는 그걸 받지 않았습니다. 수행자가 세속 사람들이 올리는 공양을 받지 않는 것은 드문 일이요 이례적인 일입니다. 반듯하게 수행하는 이에게 필요한 것을 보시하고 공양하는 일은 가장 큰 복을 짓는 일이거든요. 그런데 발우를 받아 들지 않는다는 것은 사람들이 복 짓는 걸 반대한다는 뜻입니다.

원숭이는 발우를 내려다봤습니다.

'왜 받지 않을까?'

그러다 꿀 속에 벌레 한 마리가 들어 있는 걸 발견했습니다. 원숭이는 조심스레 벌레를 집어냈고 다시 꿀이 담긴 발우를 붓다에게 올렸습니다. 그런데 붓다는 여전히 발우를 받으려 손을 내밀지 않았습니다. 원숭이는 다시 생각에 잠겼습니다.

'내가 어떻게 해야 하지? 어떻게 하면 붓다에게 공양을 올리는 큰 공덕을 쌓을 수 있을까? 붓다는 내게서 뭘 바라는 걸까?'

잠시 생각에 잠긴 원숭이는 맑고 깨끗한 샘물을 떠다 발우에 부었습니다. 마시기에 딱 좋게 희석된 꿀물을 내밀자 붓다는 가만히 두 손을 내밀어 발우를 받았습니다.

원숭이는 행복했습니다. 진리의 스승에게 세상에서 가장 달콤하고 시원한 꿀물을 올렸고, 붓다는 말없이 그 발우를 받아

들었기 때문입니다. 원숭이는 행복에 겨워 붓다를 빙빙 감싸고 춤을 췄습니다. 아마 꺅꺅 소리를 지르고 그 큰 손으로 박수를 치며 날뛰었을 테지요. 원숭이는 그날 숨을 거두었고 다음 생에 인간으로 태어나 수행자가 되어서 세상에서 가장 높은 성자인 아라한의 경지에까지 올랐다고 합니다.《중아함경》《현우경》

세상에는 헤아릴 수 없이 많은 동물이 있습니다. 그중에서 인간을 가장 많이 닮은 원숭이는 늘 오해와 조롱을 받습니다. 하지만 원숭이에 대해 후하게 이야기하는 경도 있습니다.

머물 곳을 찾을 때면 매우 신중해진다는 것이 원숭이의 첫 번째 특징이라고 합니다. 가지가 무성하고 피난처로 삼을 만한 커다란 나무에 거처를 구하는데, 원숭이의 이런 행동처럼 수행자라면 자신의 행동을 삼가고 가르침에 귀 기울이고 위엄을 지키며 훌륭한 스승을 찾아 그곳에 머물러야 한다는 것이지요.

두 번째 특징은 이렇습니다. 원숭이가 언제나 나무에 기대어 지내고 나무에서 밤을 보내는 것처럼 수행자라면 세속의 번잡한 곳을 떠나 숲에서 머물고 지내야 한다는 것이지요.《밀린다왕문경》

원숭이같이 한순간도 쉬지 못하는 마음을 지닌 사람들이시여! 번뇌의 나뭇가지 사이로 이리저리 마음이 날뛴다지만 그 나뭇가지에 의지해 하룻밤 편히 쉬는 원숭이처럼, 번뇌 속에서 번뇌를 딛고 서서 평화로우시기를!

여우
우물에 빠진 여우

여우가 우는 밤이면
잠 없는 노친네들은 일어나
팥을 깔이며 방뇨를 한다
여우가 주둥이를 향하고 우는 집에서는
다음날 으레히 흉사가 있다는 것은
얼마나 무서운 말인가

백석 '오금덩이라는 곳' 중에서

여우, 법문하다

뾰족한 코와 입, 불안하게 떨리는 귀, 가녀린 몸통과 사지 그리고 풍성한 꼬리를 지닌 내 몸 위로 향기로운 꽃이 쏟아지고 있습니다. 방금 하늘의 신들이 떠나가면서 준 선물입니다. 나는 여우입니다.

나는 이제 곧 숨을 거둘 것입니다. 세상 사람들 눈에는 꽃에 뒤덮인 채 죽어 버린 야생 여우 한 마리만 보이겠지만, 나는 하늘의 신이 내려 준 꽃비를 맞으며 또 다른 보은의 삶을 살아갈 참입니다. 이제 그 이야기를 들려드리겠습니다.

며칠 전 일입니다. 들판을 지나는데 묘한 불안감이 나를 덮쳤습니다. 흘낏 뒤를 돌아보니 사자 한 마리가 나를 노리며 다가오고 있었지요. 죽기 살기로 도망쳤는데 갑자기 내 몸이 아래로 푹 떨어졌습니다. 우물에 빠진 것이지요. 우물은 너무나 깊어 도저히 올라갈 수가 없었습니다. 사흘을 그렇게 지내다 무작정 소리 높여 외쳤습니다.

"아, 어떻게 하면 좋을까요? 공덕을 짓지 못하고 죽는 것도 서러운데 더러운 이 몸뚱이로 남들이 마실 물마저 더럽히고 말았습니다. 부처님, 저를 굽어살펴 주십시오. 지난 잘못 그 죗값을 다 받고 세세생생 눈 밝은 스승을 만나 올바르게 수행해 부처가 되겠습니다."

마지막이란 생각으로 우물 밖 저 먼 허공을 향해 부처님을 소리쳐 부르며 이렇게 외쳤습니다. 그런데 잠시 후 믿을 수 없는 일이 벌어졌습니다. 회한에 찬 내 기도에 화답이라도 하듯 하늘의 제석천이 수많은 신을 거느리고 내려온 겁니다. 저들이 내게 연신 머리를 조아리며 절을 올리기에 서둘러 우물 밖으로 나가려 앞발 두 개를 내밀었지만 역시나, 나는 버둥거리다 또다시 우물 바닥에 주저앉고 말았습니다.

그때입니다.

"당신은 여우의 몸이지만 보살의 원願을 세운 비범한 존재이십니다. 스승을 기다리던 저희에게 제발 법문 한 자락 들려주십시오."

하늘의 신 제석천의 음성이었습니다. 제석천은 이렇게 말하며 하늘의 옷을 우물 아래로 내려뜨려 주었고 나는 그 옷을 붙잡고 사흘 만에 우물 밖으로 나올 수 있었습니다. 그들은 내게 하늘의 감로 밥을 주었고 사흘 넘게 굶주렸던 나는 그 밥으로 주림을 달래고 기운을 차렸습니다. 그러고 나서 제석천과 여러 신들이 하늘의 보배 옷을 쌓아 만든 법의 자리에 폴짝 뛰어올라 앉아 법문을 시작했습니다.

"태어나면 죽게 마련입니다. 그런데 어떤 이는 그저 살기만 탐하고 어떤 이는 죽는 것도 두려워하지 않습니다. 무슨 차이일까요? 원인이 있으면 결과가 따르는 법입니다. 살아가면서 이런 인과법에 어두워 다음 생에 과보 받는 것을 모르는 어리석은 사람들은 눈 밝은 스승을 만나지 못하고 남의 생명을 해치고 주지 않는 것을 빼앗고 그릇된 이성 관계를 맺고 거짓말을 일삼습니다. 이런 사람은 자기가 영원히 살 줄 알아서 그러는 것입니다. 살기만 탐하는 사람입니다. 영원히 살 줄 알고, 영원히 살고 싶어 하며 자기의 삶도 끝나게 되리라는 걸 깨닫지 못하는 어리석은 사람입니다. 그렇다면 죽는 것도 두려워하지 않는 이는 어떤 사람일까요? 그는 지혜로운 스승을 만나 가르침을 청해 듣고 사람들을 공손하게 섬기며 약한 사람을 살뜰하게 보살피는 자입니다. 생에 집착하지 않고 목숨이 다하여 생을 마치는 것을 기꺼이 받아들이는 사람이지요. 왜냐하면 복덕을 쌓았기에 다음 생이 두렵지 않은 까닭입니다."

나는 이렇게 덧붙여 말했습니다.

"착한 사람이 죽는 것은 죄수가 감옥을 벗어나는 것과 같고, 악한 사람이 죽기를 두려워하는 것은 죄지은 자가 감옥에 들어가는 것과 같습니다."

여우 한 마리가 천상의 신들에게 법문을 들려주는 광경이 좀 생경하고도 우스꽝스러울 것입니다. 그러나 가만히 귀를 기울여 듣고 있던 제석천이 내게 물었습니다.

"스승님은 업보로 인해 어쩔 수 없이 그리 여우로 태어난 것입니까? 아니면 중생을 교화하려고 짐짓 여우의 몸을 취한 것입니까?"

나는 용기를 내어 말했습니다.

"여우의 몸은 전생에 죄를 지어 받은 업보의 몸입니다. 중생을 교화하려 여우의 몸으로 태어난 것은 아닙니다."

신들이 눈물을 글썽이며 대체 어떤 어리석은 일을 저질렀는지, 그 일을 들려 달라고 청했습니다. 나는 아주 오래전 전생의 일을 기억해 내고 천천히 말문을 열었지요.

지난 세상에 나는 어느 가난한 집 아들이었습니다. 열두 살이 되어 지혜로운 스승을 찾아 깊은 산에 들어갔지요. 그분 밑에서 온갖 학문을 배웠고 재앙을 물리치는 법, 길흉을 점치는 법, 의술까지도 익혔습니다. 스승님은 50년 동안 한결같은 마음으로 제자인 나를 정성스레 가르치셨고, 덕분에 내 명성은 세상에 널리 퍼졌습니다. 가난한 나는 몸뚱이를 팔아서라도 스승님 은혜를 갚고 싶었습니다. 하지만 스승님은 말씀하셨습니다.

"산에 사는 수행자는 걸식으로 살아가니 부족한 것이 하나도 없는데 어찌 귀중한 몸을 훼손해서 나를 섬기려 하느냐? 너의 지혜와 훌륭한 말솜씨로 세상에 나아가 법의 등불을 밝히거라. 교화하는 공덕이 은혜를 갚는 길이다. 다른 일은 생각하지 말거라."

그런데 어느 날, 세속의 왕이 목숨을 마치자 사람들이 내게 찾아와 왕위에 오르기를 청하는 일이 벌어졌습니다. 왕이 되어 행여 교만해지고 게을러져서 백성을 도탄에 빠뜨린다면 그 죗값으로 지옥에 떨어지겠지요. 반면 왕위에 오르면 스승님과 부모님의 은혜를 갚을 수 있습니다. 고민 끝에 나는 왕위에 올랐고 산에 가서 스승님을 모셔 와 최고의 공양을 올렸습니다. 그리고 궁중의 모든 사람과 백성들에게 선업을 짓도록 권하며 선정을 베풀었습니다.

하지만 이웃 나라의 모략으로 나는 전쟁을 일으켜 무시무시한 살생의 죄를 저질렀고, 승전의 대가로 얻은 수많은 여인과 욕정에 빠져 지내느라 나라를 파탄에 빠뜨렸습니다. 결국 왕위에서 쫓겨나 목숨을 잃고 악업의 과보로 지옥에 떨어졌고, 지옥에서 아귀로 태어났고, 아귀 세계에서 축생의 세계로 태어나 여우의 몸을 받은 것입니다. 그 여우가 사흘 전 사자의 추격을 피해 달아나다 우물에 빠졌고 이렇게 신들의 도움으로 우물에서 빠져나오게 된 것입니다.

전생 이야기를 들려준 뒤 나는 제석천과 하늘의 신들에게 그들이 실천하고 닦아야 할 수행법을 일러 주었습니다. 그것은 바로 선업을 착실하게 닦고 마음을 잘 단속하여 악마의 꼬임에 넘어가지 않는 길이었습니다.

악마의 꼬임에 넘어가지 않으려면 어떻게 해야 할까요? 간단합니다. 보리심을 일으키고 보살로서 실천해야 할 수행을 쌓으면 됩니다. 지혜와 방편을 키우는 것이지요. 지혜를 키우기 위해서는 부지런히 수행하고 정진해야 하며, 방편을 키우기 위해서는 보시하고 계를 지키고 자비희사慈悲喜捨 네 가지 마음을 한량없이 품는 것입니다. 지혜로 자신을 완성하고 방편으로 세상에 선한 영향력을 미칩니다. 그밖에 다른 것은 없습니다.

여우의 보은

이야기를 들은 제석천과 신들의 얼굴에는 환한 빛이 넘쳐흘렸습니다. 저들은 행복한 표정으로 내게 다시 물었습니다.

"저희는 스승님께 음식을 올리고 싶습니다. 평소 어떤 음식을 드시는지요. 말씀만 하시면 그대로 올리겠습니다."

"내 음식은 다른 이에게 말할 것이 못 됩니다. 여우가 먹는 것이라고는 사자와 호랑이, 이리의 똥오줌이나 죽은 사람의 해골이며 시신입니다."

자신들에게 법문을 들려준 법사에게 차마 그런 음식을 내어 줄 수가 없어 신들은 안타까워하며 거듭 물었습니다.

"하지만 법보시를 해 주신 스승님의 은혜를 갚아야 합니다. 저희가 어찌하면 좋겠습니까?"

나는 말했습니다.

"지금 그대들이 하늘의 궁전으로 돌아가거든 그곳의 모든 존재에게 내가 들려준 가르침을 그대로 전해 주십시오. 한 사람이라도 그 말을 믿고 따라 수행한다면 그게 바로 내게 보답하는 것이요, 일체 부처님 은혜까지도 보답하는 길입니다."

제석천이 내게 합장하고서 마지막으로 물었습니다.

"스승님께서는 여우의 몸을 언제 버리십니까? 천상에 태어나신다면 저희가 다시 뵙고 법을 청해 듣고 싶습니다."

"지금부터 7일이 지나면 나는 죽을 것입니다. 여우의 몸을 버리고 도솔천에 태어나 그곳의 모든 이들에게 가르침을 펼쳐 모두 함께 부처가 되도록 발원할 것입니다."

제석천과 그를 따르는 신들은 천천히 하늘 위로 올라갔습니다. 저들은 하늘의 꽃과 향을 내게 흩뿌리며 지극한 존경의 마음을 표했습니다. 내 몸 위로 향기로운 하늘의 꽃이 쏟아졌고 하늘의 신이 완전히 모습을 감춘 지금, 홀로 남았습니다. 나는 신들이 우물에서 건져 내어 준 그 자리에 여전히 머물러 있습니다. 어디든 괜찮습니다. 조용히 시선을 모으고 나는 생각합니다.

'선하다는 것은 무엇일까?'

'착하게 산다는 것, 잘 산다는 것은 무엇일까?'

선善을 생각하느라 먹이를 구하러 다닐 마음은 일어나지 않았습니다. 오직 선을 생각하노라니 마음에 선함이 가득 차올랐고 그렇게 7일이 흘렀습니다. 나는 이제 이 덧없는 여우의 몸을 버리고 천상으로 올라갈 것입니다. 그곳에서 신들을 교화하고 모두 함께 부처가 되자고 다시 한번 발심할 것입니다. 《불설미증유인연경》

전생에 내 스승님께서 일러 주신 보은의 길을 천상의 신들에게 그대로 들려주었습니다. 이렇게 은혜 베풂과 은혜 갚음이 이어지고, 그 길에서 세상은 조금 더 선량해지고 행복해질 것입니다. 세상에서 참으로 보기 어려운 일 두 가지가 있으니 첫째는 은혜를 갚을 줄 아는 것이요, 둘째는 큰 은혜는 말할 것도 없고 조그만 은혜라도 잊지 않는 것입니다.《증일아함경》

사람들은 우리들 여우를 그리 좋게 보지 않습니다. 교태를 부리고 멀쩡한 사람의 혼을 쏙 빼놓는다고 말이지요. 그리고 자꾸 의심하며 머뭇거리는 것을 여우에 비유해 '여우처럼 의심한다'는 뜻의 호의狐疑라는 한자어도 있더군요. 하지만 오해입니다. 우리는 약한 동물입니다. 맹수에게 잡아먹히기 쉬워 늘 긴장하고 살다 보니 작은 소리에도 놀라고 경계합니다. 그런 까닭에 우리에게 작은 안식처가 되어 주는 이에게는(그것이 사람이든 다른 동물이든) 반드시 그 고마움을 잊지 않고 은혜를 갚으려는 마음은 누구보다 강합니다. 자기가 은혜를 입은 줄 알고, 은혜를 갚으려고 마음먹는 우리들 여우야말로 참 아름다운 존재 아닐까요.

곰
곰 고기에 미혹된 사람들

개가 실제 세계에서 가장 사랑받는 동물이라면
곰은 상상의 세계에서 가장 사랑받는 동물이다.

《100가지 동물로 읽는 세계사》 중에서

인간을 가장 많이 닮은 동물

지구에는 참으로 다양한 동물이 살고 있습니다. 그중 인간을 가장 많이 닮은 동물은 누구일까요? 원숭이라고요? 그렇게 생각할 수도 있겠지만 바로 우리, 곰입니다. 내가 숲에서 쉬고 있을 때, 사람과 너무나 닮아 하마터면 숲속 수행자를 억울하게 죽음으로 내몰 뻔한 일도 있습니다. 그 이야기를 들려 드리겠습니다.

어느 날 내가 숲에서 쉬고 있는데 아이가 다가왔습니다. 일행과 떨어져 홀로 숲 깊숙이 들어온 모양입니다. 진작부터 나는 사람이 다가오는 걸 냄새로 알고 있었습니다. 그런데 아이는 나를 보고 깜짝 놀라 비명을 질렀습니다. 아이의 행동에 나도 모르게 아이에게 달려들었습니다. 아이는 용케 내게서 도망쳐서 숲을 빠져나갔고 자신을 찾던 아버지를 만나 겁에 질려 말했습니다.

"온몸에 털이 길게 자라 있는 것이 나를 공격했어요."

이내 아이 아버지가 활과 화살을 들고 숲으로 들어왔습니다. 나는 부리나케 나무 위로 올라갔습니다. 마침 그 숲에는 수행자 한 사람이 동물 털가죽 옷을 입고 명상에 들어 있었지요. 아버지는 아이에게 해를 입힌 자라고 판단해 수행자를 향해 활시위를 당겼습니다. 그 모습을 보고 있던 사람이 다급하게 말렸습니다.

"멈추시오. 저 사람은 아무런 해를 끼치지 않는 수행자요. 당신 아들에게 해를 입힌 범인을 제대로 알지도 못하면서 어찌 아무에게나 활시위를 당기려는 게요?" 《백유경》

우리들 곰은 보통 네 발로 엉금엉금 기어다니지만, 몸을 일으켜 뒷다리로 걸으며 앞발로 물건을 쥐고 흔들 때면 그 모습이 꼭 사람 같습니다. 사람을 좋아해서 사람 사는 곳에 자주 다가가고, 그들의 행동을 따라 배우기도 좋아합니다.

겁에 질린 아이가 자신을 공격한 것이 곰이라는 걸 알아채지 못하고 온몸에 길게 털이 자라 있는 모습만 보았고, 그 말을 대충 이해한 아버지가 사람이라 믿어 버린 것도 이해가 될 정도로 우리들 곰은 사람과 아주 유사합니다.

일본의 종교학자이며 인류학자로서 티베트불교에도 조예가 깊은 나카자와 신이치 교수는 이렇게 말합니다.

"실제로 곰만큼 인간과 닮은 점이 많은 동물도 없습니다. … 곰과 인간은 수천 년에 걸쳐 운명을 함께했습니다. 인간과 곰은 같은 길을 따라 이동했고, 같은 계곡에서 연어를 잡았으며, 같은 식물의 뿌리를 캐서 먹었고, 똑같은 산딸기와 나무 열매를 수확하는 사이였습니다. 산딸기를 따러 갔다가 곰과 정면으로 마주치는 경우도 자주 있었습니다. 곰과 인간은 서로를 존경하며 공생관계를 구축해 온 셈입니다."《곰에서 왕으로-국가 그리고 야만의 탄생》

모습이 몸집 큰 인간을 닮은 데다 느릿느릿하지만 유연하고 재빠르게 움직이며 파괴적인 힘을 지녔고 긴 겨울 동안은 깊은 은둔의 시간을 보내는 까닭에, 사람들은 일찍부터 이런 우리를 신이라 여겼습니다. "곰은 오래전부터 두려움과 경외의 대상임과 동시에 더할 나위 없는 친근감과 우애의 감정을 불러일으키는 동물"이라고 나카자와 교수도 설명하고 있지요. 인류는 아주 오래전부터 곰을 숭배했고, 곰을 닮고자 했고, 심지어 곰에게서 자신들의 기원을 찾아냈습니다. 《삼국유사》에서도 그렇게 말하고 있지요? 여러분의 조상이 바로 나, 곰이라고 말입니다.

배신한 인간을 일깨우는 수행자

우리는 무리 지어 살지 않습니다. 새끼를 낳은 암컷이라면 몰라도 대체로 곰들은 외따로 지냅니다. 이따금 음식 냄새를 맡고 마을로 내려가 쓰레기통이나 심지어 부엌을 뒤지는 바람에 사람들을 놀라게 하고 때로는 그들을 공격해 원한을 사기도 합니다. 그래서 할 수 있으면 깊은 숲에서 소리 내지 않고 지내려 애쓰고 있지요.

그런데 어느 날 일입니다. 내가 살고 있는 굴 안으로 어떤 남자가 비틀거리며 들어왔습니다. 보아하니 나무꾼인데, 악천후로 길을 잃고 맹수들에게 쫓기다 들어온 것 같습니다. 나무꾼이 한숨을 돌리려던 차에 나를 발견하고 소스라치게 놀랐습니다. 허둥대며 굴을 빠져나가려는 그에게 내가 말했습니다.

"겁내지 마시오. 당신을 해치지 않겠소. 지금 굴 밖은 폭우가 내리고 칠흑 같은 어둠 속에서 길을 찾을 수도 없을 것이오. 여기 따뜻한 굴에서 일단 쉬십시오."

내 말에 나무꾼은 안심하는 듯 보였습니다. 나는 숲에서 가져온 꿀과 과일을 사내에게 내주었습니다. 원래 우리들 곰은 미식가로도 유명하다는 사실을 알고 계시지요? 나무꾼과 나는 사이좋게 음식을 나눠 먹으며 이레를 보냈습니다. 그에게서 곰을 향한 경계심은 사라진 지 오래였고 나 역시 혼자 적적하던 차에 그와 즐겁게 시간을 보내며 행복했습니다. 마침내 비가 그쳤고 이제 나무꾼은 마을로 내려가야 할 시간이 됐습니다. 나는 지름길을 일러 주며 신신당부했습니다.

"나는 사람들에게 해를 많이 입혀 마을에는 내게 원한을 품은 사람들도 많다오. 행여 숲에서 나를 만났다는 말은 절대로 하지 말아 주시오. 그것 하나만 약속해 주시오."

나무꾼은 굳게 약속했습니다.

그런데 사람과의 약속이란 모래성과도 같나 봅니다. 그가 얼마 되지 않아 사냥꾼을 데리고 나타났습니다. 사냥꾼은 곰을 잡아 고기를 많이 나눠 주겠다고 약속을 한 모양입니다. 방심한 나는 그렇게 죽임을 당했습니다. 훗날 전해 듣기론 사냥꾼이 약속대로 곰 고기를 크게 한 덩이 잘라 건네 주자 나무꾼이 두 손을 내밀어 받으려는데, 그 순간 두 팔꿈치가 떨어졌다고 합니다. 깜짝 놀란 사냥꾼에게 그가 후회하면서 말했습니다.

"부모가 자식에게 베풀듯 곰이 내게 정을 나누어 주었건만 그 은혜를 배반하였으니 과보를 이렇게 받았습니다."

사냥꾼이 놀라 내 몸뚱이를 고스란히 절에 시주했더니 성자들이 말했다지요.

"이 곰은 보살이며 미래 세상에 부처가 되실 분이니 이 고기를 먹어서는 안 됩니다."

그리고 나를 위해 탑을 세웠고, 나라의 왕은 은혜를 입고도 그걸 모르는 자는 이 땅에서 살 수 없다는 엄명을 내렸다고 합니다. 《대지도론》

그릇된 사상을 집어삼킨 인간

서양 중세사가 미셸 파스투르에 따르면, 구석기 시대부터 인간의 숭배를 받고 경외의 대상이었던 곰은 중세 시대로 접어들면서 그 위상이 추락했습니다. 특히 서양 중세 교회에서 거론한 7대 죄악은 자만, 탐욕, 음욕, 분노, 탐식, 시기, 게으름인데 이 일곱 가지를 각각의 동물에 비유하고 있지요. 여러 문헌과 도상에서 자만은 사자·독수리 등에, 탐욕은 다람쥐·두더쥐·원숭이·개미에, 음욕은 수컷 염소·곰·돼지 등에, 분노는 멧돼지·곰·사자·황소에, 탐식은 곰·돼지·여우·늑대 등에, 시기는 개·여우·원숭이·곰·까치 등에, 게으름은 당나귀·곰·돼지·고양이·다람쥐 등에 비유해 표현됩니다. 애석하게도 우리들 곰이 일곱 가지 죄악 가운데 다섯 가지나 상징하는, 매우 부정적인 동물로 등장합니다. 미셸 파스투르는 중세 기독교 사회가 인간을 가장 많이 닮거나 인간과 밀접한 동물에 매우 비호감이었다고 부연 설명하고 있습니다.《곰, 몰락한 왕의 역사》

불교에서 우리는 고통을 당할 줄 알면서도 인간에게 은혜를 베푸는 동물로 등장하거나 혹은 자신들을 위해 절을 세워 달라고 스님과 불자들에게 간절하게 비는 애틋한 동물로 등장하지만, 서양 중세 교회에서처럼 부정적인 것을 상징하기도 합니다.

어떤 할머니가 나무 아래 누워 있었습니다. 그런데 곰이 슬그머니 다가와 할머니를 공격하려 했습니다. 다행히 할머니가 얼른 몸을 일으켜 피했는데 너른 벌판에 달리 도망쳐 숨을 곳도 없던 터라 할머니는 나무를 빙빙 돌며 곰에게 잡히지 않으려 했고, 그러다 그만 둘은 큰 나무를 사이에 두고 쫓고 쫓기며 빙빙 맴을 돌았습니다. 마침내 곰이 할머니 뒤를 바싹 따라붙었습니다. 앞발 하나로 나무를 짚고 다른 한 발로 할머니 뒷덜미를 움켜쥐려는 순간, 할머니가 재빨리 몸을 돌려 나무를 짚고 있던 곰의 앞발을 눌렀습니다. 곰이 움찔하는 사이 다른 앞발 하나도 마저 붙잡아서 나무에 대고 눌렀습니다.

곰은 할머니에게 앞발 두 개가 다 붙잡혀 꼼짝하지 못하게 됐지만 사람이 곰의 힘을 이길 수는 없었습니다. 때마침 근처를 지나는 나그네 한 사람이 점점 힘이 빠져가던 할머니 눈에 들어왔습니다. 할머니는 소리쳤습니다.

"이보시오. 나를 좀 도와주시오. 나 대신 이 곰을 붙잡고 있으면 녀석을 잡아서 고기를 나눠 주리다."

나그네는 곰 고기를 나눠 준다는 말에 솔깃해서 할머니를 대신해 곰의 앞발을 눌렀습니다. 그러자 할머니는 걸음아 날 살려라, 삼십육계 줄행랑을 쳤지요.

《백유경》에 실린 이 이야기에서 곰은 엉성하기 짝이 없고 난해하기만 한 세속의 학설들을 상징합니다. 현란한 문장과 표현이 그럴듯해 보이지만 정작 알맹이는 없어서 세상에 아무런 이로움이 되지 못하는 사상들입니다. 노파는 그런 학설을 만들고 주장하며 어떻게든 이론적으로 완성해 보려고 애쓰는 사상가요, 나그네는 주창자가 완성하지 못하고 손을 놓아 버린 사상을 붙잡고 해석하느라 죽을 때까지 고생만 하는 후학자를 비유합니다.

바른 이치는 사람을 살리고 세상에 도움을 줍니다. 바른 이치에 바탕을 둔 수행은 쌓는 동안에도 행복하고, 완성해서는 궁극의 평화를 안겨 줍니다. 하지만 지금 세상 사람들이 온통 매달리고 있는 주의 주장들은 어떠한가요? 한 사람의 삶을 망치고 가정을 파괴하고 사회에 불안과 혼란을 안겨 주는 그릇된 신앙의 폐해는 어제오늘의 이야기가 아닙니다. 그 폐해를 눈으로 보면서도 여전히 거기에 무엇이라도 얻을 것이 있다며 휩쓸리는 곳이 사바세계입니다. 마치 곰 고기를 나눠 먹으려던 나무꾼이나 나그네처럼 자멸의 길로 걸어가고 있는 현실을 우리들 골이 빠지리게 일러 주고 있습니다.

뱀
그 길고 긴 몸뚱어리로

거센 강물이 연약한 갈대 다리를 부수듯
교만을 남김없이 꺾어 버린 수행자는
뱀이 허물을 벗어 버리는 것처럼
이 세상과 저 세상을 모두 버린다.

《숫타니파타》 '뱀의 경' 중에서

어쩌다 악의 화신이 됐을까

제우스가 결혼했습니다. 결혼식 뒤에 열리는 흥겨운 잔치에 세상 모든 동물이 저마다 마음을 담아 선물을 하나씩 들고 참석했습니다. 나는 아름답고 향기로운 장미꽃 한 송이를 입에 물고 갔습니다. 온몸을 바닥에 대고 기어서 제우스에게 다가가 꽃을 내밀었지요. 그런데 제우스는 이렇게 말합니다.

"네 입으로 주는 것은 하나도 받지 않겠어."《이솝우화》

난 그래도 자기 결혼을 축하하려는 마음에서 가져갔는데 그 무참함이라니…. 어쩌다 우리들 뱀은 이리도 사람들과 신들의 지독한 저주와 모욕을 받고 기피 대상 1호가 되었을까요?

이 세상에 존재하는 모든 것을 창조했다는 창조주 신을 믿고 섬기는 기독교 전통에서 뱀은 신의 뜻을 정면으로 어기는 악의 화신입니다. 에덴동산에서 행복하게 살던 아담과 이브가 지독한 고통 끝에 자식을 낳고, 가정을 꾸리기 위해 평생 노동해야 하는 인간적 삶을 살게 만든 장본인이 바로 나, 뱀입니다.

나는 이브에게 다가가 에덴동산 가운데 심어진 선악을 알게 하는 나무의 열매를 따 먹으라 권했는데 이브가 거부했지요. 왜냐하면 하나님이 먹지 말라고 했기 때문입니다. 그걸 먹으면 죽는다는 말씀이 있어 이브는 아예 엄두를 내지 못했습니다. 그런데 내가 말했지요.

"아니다. 그걸 먹는다고 해서 너희가 죽는 건 아니다. 너희가 그 나무 열매를 먹으면 눈이 밝아지고 하나님처럼 되어서 선과 악을 알게 되니까 먹지 말라고 말한 것이다."

그러자 이브의 귀가 솔깃해져 아담과 함께 선악과를 따 먹고는 이것저것 분별하는 눈이 생겼고, 그 바람에 지상낙원 에덴동산에서 영원히 쫓겨나기에 이르렀지요. 그리고 우리는 배로 땅을 기어다니는 팔자가 되어 버렸으니 그게 다 '피조물 1호'에게 장난을 해 신의 뜻을 어기게 만든 결과라는 것입니다.

그래요. 이게 다 뱀 때문입니다. 하지만 기독교 전통에 의하면 들짐승 가운데 가장 간교한 동물이라고 하는 뱀도 하나님의 창조물일진대 어찌해야 할까요? 그리고 생각을 조금 달리해 보면, 인간이 어떻게 신의 낙원에서 살 수 있을까요? 산다는 것, 인간적인 삶이란 것은, 어른이 되면 짝을 찾고 짝을 찾으면 사랑을 나누고 그러다 아이를 낳고 낳았으니 기르고…. 이것 아니겠습니까. 인간으로 하여금 실존적(혹은 괴로운) 삶을 살게 한 동물, 그것이 뱀입니다.

우리는 어디에서부터 진화해 지금에 이르렀을까요? 학자들은 굴을 파는 도마뱀에서 진화했다고 합니다. 3,700종이 넘는 뱀들은 크기도 제각각이어서 10센티미터에 불과한 실뱀에서부터 7미터를 넘는 그물무늬비단뱀도 있습니다. 그린아나콘다는 무게가 97.5킬로그램에 달한다고 하니 상상만 해도 그 길이와

크기에 압도당하겠지요?

서양에서는 뱀을 간교함과 사악함 그 자체로 보는데, 동남아시아 등의 불교국가에서는 좀 다른 의미로 받아들입니다. 캄보디아의 어마어마한 사원인 앙코르와트에 가 보셨나요? 사원 회랑에 거대한 뱀(코브라)이 양쪽에 한 마리씩 자리해 불자들을 붓다 앞으로 인도하고 있지요. 우리는 그곳에서 사원을 지키는 수호신 노릇을 하고 있습니다.

우리를 가볍게 생각해서는 안 됩니다. 우리는 여느 동물들처럼 우짖거나 짖어대거나 포효하지 않고 조용한 가운데, 아무도 알아차리지 못하는 깊숙한 곳에 몸을 사리고 있습니다. 그러다 먹잇감을 만나면 대번에 똬리를 틀어 질식사하게 하거나 물어서 독을 퍼뜨려 죽게 만드니 다른 맹수들에게서 느끼는 두려움과는 다른, 원시적인 섬뜩함이라고 해야 할까, 범접하기 어려운 경외감이라고 해야 할까, 그런 마음을 사람들은 우리에게 품고 있습니다.

세상에는 어리다고 혹은 작다고, 세력이 약하다고 해서 함부로 대하면 큰일 나는 것이 네 가지 있습니다.

첫째는, 불입니다. 깜부기불처럼 꺼져 가는 불이라 해도 바람을 만나면 이내 거대하게 힘을 키워 온 산과 마을을 통째로 태워 버릴 수 있습니다.

둘째는, 뱀입니다. 아무리 작고 여린 녀석이라 해도 독을 품고 있기에 조심해야 한다는 것이지요.

셋째는, 왕자입니다. 어린 왕자라고 함부로 대했다가 훗날 왕이 되면 그 뒷감당을 어떻게 하겠습니까?

마지막 네 번째는, 구도자입니다. 볼품없고 초라한 모습으로 수행하며 지내느라 아무 세력이 없다고 해서 함부로 대해서는 안 된다는 것입니다. 알고 보면 그 사람은 오랜 세월 복을 쌓고 덕을 키워 온 존재요, 훗날 세상에 지혜와 자비의 등불을 환히 비춰 줄 성자가 될 사람이기 때문입니다. 《쌍윳따 니까야》

하루만이라도 생명을 해치지 않고자

아시다시피 뱀은 육식동물입니다. 먹잇감이 있으면 비늘을 이용해 슬그머니 기어가 몸으로 말아 질식시킵니다. 또는 독을 주입해 먹잇감을 꼼짝하지 못하게 만듭니다. 그리고 삼켜 버리지요. 육식을 하는 뱀으로 태어났으니 살려면 먹어야 하고, 그 먹이는 하필 나와 같은 생명을 가지고 움직이고 느끼는 동물입니다. 사실 이 너른 숲에서 나는 무섭기로 소문이 나 있습니다. 어떤 작은 동물들은 나와 눈이 마주치기만 해도 기절해서 그냥 숨이 끊어졌고, 나와 조금이라도 맞서려던 자들도 내 기운에 눌려 숨이 끊어졌지요. 이렇게든 저렇게든 뱀으로 태어나 살아오면서 이날까지 나 때문에 목숨을 잃은 생명이 얼마나 많을까요? 과연 나 살고자 남을 죽이는 이런 도돌이표 인생을 언제까지 살아야 할까요?

더 이상은 안 되겠습니다. 단 하루만이라도 살아 있는 생명을 내 목숨처럼 생각하고, 행복하고 즐겁기를 바라는 마음이 모든 생명에게 있음을 진하게 느끼며, 저들의 행복을 바라기로 했습니다. 그래야 마음이 조금이라도 편해질 것 같기 때문입니다.

그래서 이른 아침에 나는 굳게 마음을 먹었습니다.

'오늘 하루, 나는 그 어떤 생명도 해치지 않고 모든 생명의 행복을 빌며 지내겠다.'

마치 출가한 구도자처럼 하루를 보내기로 한 것이지요. 나는 숲으로 기어 들어갔습니다. 그곳에서 숲속 수행자처럼 자세를 취했습니다. 똬리를 틀고 머리를 곧추세우고 천천히 호흡을 정돈해 가며 마음을 가라앉히기 시작했습니다. 언제나 긴장하며 혀를 내밀고선 다가오는 적들의 냄새를 맡고, 미리 공격하거나 살그머니 몸을 바위틈으로 숨겨 버리며 하루를 보냈지만 오늘은 바깥세상을 향한 그 모든 긴장을 다 내려놓았습니다. 이른 아침 숲속의 맑은 기운에 기분이 좋아졌고 호흡을 정돈하니 마음이 차분해졌습니다. 그렇게, 그렇게 얼마나 오래 머물렀는지 모르겠습니다. 내가 잠깐 잠에 빠져들기라도 한 것일까요?

그런데 문득 몸 어딘가에 극심한 통증이 느껴졌습니다. 견딜 수 없이 아팠습니다. 몸부림치려다 멈추었습니다. 나는 오늘 무슨 일이 있어도 이 자세로 하루를 보내며 세상의 행복과 평화를 기원하며 보내겠노라 다짐했기 때문입니다.

아픔을 참고 있노라니 통증의 원인이 드러났습니다. 한 사내 때문입니다.

"이야, 이것 좀 봐! 이게 웬 횡재냐! 그러지 않아도 이 뱀 때문에 숲에 얼씬도 못했는데, 오늘은 무슨 일인가 모르겠네. 녀석이 죽었는지 아니면 기절했는지 꼼짝도 하지 않잖아. 가만 보니 이 녀석 껍질이 여간 화려하지 않네. 이렇게 아름답고 오묘한 무늬는 처음 보았어. 얼른 벗겨 가자. 이 화려한 뱀피를 왕에게 바치면 엄청난 하사금을 받게 될 거야. 서두르자."

오, 이런. 이 겁 없는 사내가 지금 숲속의 제왕인 내 껍질을 벗기겠다고 날카로운 칼을 들고 살을 도려내고 있는 겁니다. 내가 참아야 할까요? 나는 슬쩍 머리만 들거나 몸을 살짝 움직이기만 해도 온갖 생명이 그 자리에서 두려움에 숨이 끊어질 정도의 위력을 지닌 동물입니다. 자존심이 몹시 상하고 무엇보다 껍질이 벗겨지니 그 아픔을 견딜 수가 없습니다.

나는 눈을 뜨고 몸을 흔들려다 멈췄습니다. 이른 아침에 한 맹세가 떠올랐기 때문입니다. 단 하루, 숲속의 괴기스러운 맹수가 아닌, 고요한 수행자로 지내기로 한 맹세 말입니다. 이렇게 해서라도 왕의 하사품을 받고 행복할 사내를 위해, 그 불쌍한 사내를 위해 나는 참기로 했습니다. 그나마 가지런히 잦아들던 숨도 더 굳게 참았습니다. 사내는 이런 내게서 껍질을 다 벗긴 뒤 쾌재를 부르며 떠나갔습니다.

사방이 조용해진 뒤에 나는 눈을 떴습니다. 붉은 살점들이 사방에 흩뿌려져 있습니다. 태양은 하늘 높이 떠올라 대지를 달구었고, 껍질이 벗겨진 내 몸도 사정없이 뜨거운 햇볕에 익어 갔습니다. 더 이상 견딜 수가 없어 어디 물가라도 찾아가야겠습니다. 시원한 물속으로 들어가 이 아픔을 달래야겠습니다.

그런데 뭔가 꿈틀하는 것이 보입니다. 도려내어진 내 살점을 먹으려 온갖 벌레들이 몰려든 것입니다. 벌레들은 땅바닥에 흩어진 살점을 먹고 또 실어 나르다가 끝내 내 몸 위로 올라와서 살을 파먹기 시작했습니다. 녀석들에게 오늘은 배불리 먹을 수 있는 잔칫날입니다.

나는 다시 눈을 질끈 감았습니다.

'내가 이 생명들에게 줄 수 있는 것이 이것뿐이라면 기꺼이 내어 주자. 성자가 되기로 맹세한 날, 나의 몸으로 수많은 생명이 목숨을 부지하게 됐으니 얼마나 다행인가. 이러다 혹시 죽게 되면 다음 생에 다른 몸을 받고 태어나 그때는 진리의 가르침으로 이 모든 생명의 마음의 굶주림을 달래 주자.'

이제 더는 아픔을 느끼지 않습니다. 정신이 흐려지고 있지만 두렵지는 않습니다. 뱀으로 태어난 이 한생, 이렇게 잘 살다가 갑니다. 살면서 남을 해치기도 많이 했지만, 기꺼이 내 목숨을 다른 이에게 나누어 줍니다. 나의 이런 보살행은 헛되지 않을 것입니다. 언젠가 세상에서 가장 아름다운 결실을 거둘 것입니다. 혹시 아나요? 내가 먼 훗날 붓다가 될지 말입니다.《대지도론》

사람들은 뱀을 가리켜 저주를 받은 동물, 사악하고 간교한 동물, 무섭고 징그러운 동물이라고 손가락질하지만 뱀인들 어쩌겠습니까? 다분히 인간 중심의 문화에서 그렇게 간주하는 것일 뿐이지요. 사람들은 모를 것입니다. 석가모니 붓다도 어느 전생에선가 뱀으로 태어났고, 그때 다른 생명을 위해 기꺼이 자기 살을 내어 준 선업으로 붓다가 되었다는 사실을.

서른다섯 살 붓다를 보호하다

나는 또 이런 일도 기억하고 있습니다. 커다란 뱀의 몸으로 거목에 깃들어 한생을 보낼 때의 일이지요. 내가 깃든 나무는 무찰린다. 그래서 사람들은 나를 '무찰린다 용왕'이라고 불렀습니다. 무찰린다 나무 바로 옆에 연못이 있는데 나는 그 연못에서 지내다가 나무로 올라가 쉬기도 하며 하루하루를 보내고 있었습니다.

그러던 어느 날입니다. 보름 전쯤, 처절하리만치 극렬했던 고행을 포기한 구도자 한 사람이 말끔하게 목욕을 마친 뒤 숲으로 와 네란자라 강가의 나무 아래를 거닐고 있었습니다. 나무 한 그루 한 그루 아래에 잠시 머물며 가만히 두 발을 딛고 섭니다. 그리고 다시 옆 나무로 옮겨 가곤 했지요. 그러더니 보리수 아래에 자리를 잡고 앉았습니다. 그의 앉음새는 깊은 선정에 들어갈 때 몸이 흔들리지 않도록 두 발을 맺는 결가부좌입니다. 자신의 구도행에 마침표를 찍을 안정된 자리를 찾느라 나무 사이를 거닐었던 게 분명합니다. 보리수 아래에 앉은 그는 나직하지만 단단한 음성으로 말했습니다.

"이제 나는 완전한 깨달음을 이루기 전에는 결코 이 자세를 풀지 않으리라."

나는 숨을 죽이고 그를 지켜보았습니다. 그날 밤이 깊도록 수행자는 자리에서 일어나지 않았습니다. 다음 날 새벽 별이 뜰 때 말로 표현할 수 없는 청량하고도 따뜻한 기운이 그에게서 풍겨 나와 숲 전체를 감쌌습니다. 환한 대낮처럼 어둠이 말끔하게 가셔서 내 정신이 맑고 깨끗해지며 마음에는 세상을 향한 한없는 애정이 뿜어져 나왔습니다.

아, 그렇습니다. 그 수행자는 성을 나와 6년 구도를 한 뒤 마침내 깨어난 자, 깨달은 자, 눈을 뜬 자, 붓다가 되었습니다. 석가족의 성자여서 훗날 사람들이 그를 석가모니라 부르게 되었지요. 나는 그가 마침내 완전하게 깨어나 지혜를 완성하는 그 순간을 곁에서 지켜보았습니다. 숨을 죽이고 밤을 새며 지켜보았지요.

붓다가 된 그는 처음 보리수 아래에서 이레를 머물렀습니다. 뭐가 그리 행복한지 표정에는 한없는 즐거움이 어려 있었습니다. 박장대소를 하는 것도 아니요, 어깨춤을 덩실덩실 추는 것도 아닌데, 게다가 처음 보리수 아래에 앉을 때의 자세를 풀어버린 것도 아닌데 그의 얼굴과 온몸에서는 기쁨의 오라(aura)가 뿜어져 나왔습니다. 보리수 아래에서 이레를 보낸 뒤 석가모니는 몸을 일으켜 그 옆의 나무로 옮겨 갔습니다. 그곳에서 다시 이레를 보낸 뒤, 석가모니는 천천히 몸을 일으키더니 내가 의지해 살고 있는 나무 아래로 걸어왔습니다.

가슴이 설레었고 좋아서 어찌해야 할지 몰랐지만 내색하지 않았습니다. 행여 내 기다랗고 굵은 몸뚱이를 드러냈다가 석가모니의 저 은은한 행복을 깨면 어쩌나 하는 마음에 가만히 모습을 감추고 그를 지켜보았습니다.

석가모니는 무찰린다 나무 아래에 와서 또다시 두 발을 맺고 앉았습니다. 깨달음 뒤에 오는 지극한 행복을 음미하는 것 같습니다. 그렇게 이레 동안 그는 아무것도 먹거나 마시지 않은 채 그저 진리의 기쁨에 잠겨 나무 아래에 머물렀습니다. 그런데 이 나무 아래에 머무는 동안 거센 비바람이 몰아쳤습니다. 비바람은 이레 동안 쉬지 않고 몰아쳤는데 석가모니는 가진 것이 하나도 없었기에 결가부좌한 모습 그대로 고스란히 비바람을 맞았습니다. 나는 서둘러 기어 나와 그의 몸을 아래로부터 친친 감았습니다.

'조금이라도 한기가 들게 해서는 안 된다. 열기가 그를 괴롭혀서도 안 된다. 곤충이나 해충들도 그에게 다가와서는 안 된다. 내가 그를 지켜 드려야 한다.'

내 마음은 이랬습니다. 나는 석가모니를 친친 일곱 겹 감싸 올라갔고, 석가모니의 머리 위로 내 머리를 쫙 펼쳤습니다. 거센 비바람이 휘몰아치는 이레 동안 나는 몸을 풀지 않았고 빳빳하게 세워 펼쳐 든 내 머리도 거두지 않았습니다.

지복至福의 성자 곁에 머물며 그를 보호하는 것보다 더 행복한 일이 있을까요? 붓다는 진리의 기쁨(법열)에 잠겨 이레 동안 머물렀고, 나 무찰린다 용왕은 붓다를 수호하는 기쁨에 잠겨 이레 동안 머물렀습니다. 그리고 마침내 비바람이 잠잠해지고 눈부신 햇살이 숲을 내리비치자 나는 붓다에게서 몸을 풀었습니다. 조금이라도 붓다의 몸에 닿지 않으려 조심조심 몸을 풀었지요.

사람들은 나를 보면 언제나 놀라 기절하거나 줄행랑을 칩니다. 그래서 나는 사람들 앞에 나타날 일이 있으면 늘 사람 모습으로 변합니다. 여전히 무찰린다 나무 아래에 두 발을 맺고 앉아 있는 붓다 앞에 나는 청년의 모습으로 바뀌 나타났습니다. 그런데 붓다는 이런 나를 알고 있다는 듯, 그 고요한 행복의 기운이 감도는 얼굴로 이렇게 말했지요.

"진리를 배운 자, 보는 자, 만족한 자에게는
멀리 떠남이 행복이고,
생명을 향해 자제할 줄 알고
이 세상에서 생명을 향해 폭력을 떠나는 것이 행복이다.

살아가면서
탐욕을 떠나고 뛰어넘는 것이 행복이며,
'나야!'라는 교만을 마음에서 없애는 것,
이것은 가장 큰 행복이다."

《마하박가》

보리수 아래에서 깨달음을 이뤄 붓다가 된 뒤 세상을 향해 가장 먼저 펼친 가르침은 바로 '행복'입니다. 행복에는 네 가지가 있으니, 그것은 모두 무엇인가로부터 떠나는 일입니다.

첫째는, 세속의 가치에서 물리적으로 멀리 떠나는 일입니다.

둘째는, 여린 생명에게 함부로 휘두르는 폭력을 떠나는 일입니다.

셋째는, 달콤하고 짜릿한 맛으로 나를 유혹하는 것들에 자꾸만 휘말리는 욕망을 떠나는 일입니다.

넷째는, '나'라는 생각에서 벗어나지 못하고, 이 부지불식간에 '나'를 자꾸 내세우는 교만을 떠나는 일입니다.

당신은 뱀을 만나면 어떤 생각이 드나요? 징그럽고 무섭다는 생각에 멀리 도망칠 게 빤합니다. 하지만 기억해 주십시오. 나는 이제 막 붓다가 된 서른다섯 살의 석가모니를 이레 동안 모진 비바람에서 보호해 드린 또 하나의 구도자입니다. 훗날 붓다가 이 땅 위의 사람들에게 들려준 수많은 법문보다도 더 먼저 법문을 들은 행복한 중생입니다. 행복한 나를 위해 붓다는 행복의 법문을 들려주었습니다.

나는 행복합니다.

당신도 행복하셨으면 좋겠습니다.

보리수 아래에서 깨달음을 얻어 진리의 행복에 잠겼던 붓다처럼, 사람과 동물 모두 행복하기를 바랍니다.

나귀

부술 줄만 아는 사람

필요하다면
당겨도 끌려가지 않고
때리면 오히려 뒷걸음치는
고집도 좀 배워야 한다.
나귀든 사람이든 두려움을 모르는 반항 정신은
언제나 필요하다.

《한 사람의 마을》 중에서

짐을 짊어진 이유

큰 귀에 살짝 겁을 집어먹은 듯한 눈, 전체적인 모습은 말을 닮았지만 몸매는 말처럼 미끈하게 균형 잡히지 못했고, 권력자의 준마駿馬보다는 가난한 민중의 짐꾼 노릇에 더 어울리는 나는 나귀입니다. 지금도 모로코나 중국 운남 지역에서는 무거운 짐을 몸 양쪽에 나눠 싣고 터벅터벅 힘겹게 걷고 있는 나를 만날 수 있습니다. 자동차가 다니지 못하는 길에 더 큰 동물을 부릴 능력이 없는 사람들을 위해 기꺼이 평생 짐을 짊어지고 다니는 나를 사람들은 아주 친근하게 여기지요.

그런데 친근한 가축인 나를 그리 듣기 좋게 이야기하지 않는다는 사실도 잘 알고 있습니다. 어떤 문화권이건 어떤 종교이건 나귀를 평가절하하는데, 우리에게 덧입혀진 불명예가 어떤 것인지 하나하나 살펴볼까요?

첫째, 경전을 비방한 자가 받게 되는 과보를 우리들 나귀의 노역에 빗대고 있습니다. 《묘법연화경》에서는 "부처님께서 세상에 계실 때에나 멸도滅度하신 후 이 경을 비방하고, 이 경을 독송하고 써서 지니는 사람을 보고 가벼이 여기고 천대하며 미워하고 질투하거나 원한을 품는다면 아비지옥에 떨어져 일 겁劫 동안 그 과보를 받다가 지옥에서 나오면 낙타나 나귀로 태어나 항상 무거운 짐을 지고 채찍을 맞으며 오직 물과 풀만 바랄 뿐 다른 것은 알지 못한 채 살아간다."라고 말하고 있습니다.

허허, 이것 참. 내가 한평생 무거운 짐을 지고 가파른 언덕길이나 비좁은 골목길을 오르내리는 것이 《법화경》을 믿는 자들을 비방하고 질투한 과보라니요. 《법화경》의 정식 이름은 《묘법연화경》이라고 하지요. 도대체 이 경전 속에 어떤 내용이 담겨 있기에 그리 귀하게 여기며 열심히 사경寫經하는지 처음에는 잘 몰랐습니다.

하지만 옛 스님들이 내 등에 경전을 싣고 다니며 중얼중얼 읊던 내용을 떠올려 보면 《법화경》은 석가모니 붓다가 이 세상에 출현하신 단 한 가지 이유를 밝힌 경이라고 하더군요. 그 한 가지 이유란, 어떤 중생이라도 붓다의 그것과 같은 지혜를 품고 있는 소중한 존재라는 사실을 알려 주기 위해서라는 거지요. 그러니까 "이것 좀 보세요. 당신도 부처가 될 가능성을 지니고 있습니다."라는 사실을 알려 주려고 붓다가 이 세상에 온 것이라는 말입니다.

그런데 이런 이야기를 듣고도 수긍하기보다는 "쳇, 무슨 말도 안 되는 소리야? 난 그냥 중생으로 사는 게 좋아."라고 하거나, "붓다가 되는 건 관심 없어. 그냥 열심히 마음공부해서 내 번뇌 하나 없애면 그걸로 된 거야."라고 귀를 닫아 버리는 사람들이 있습니다. 이런 사람들을 끝끝내 설득해 '붓다가 되겠노라' 마음을 내도록 인도하는 것이 바로 《법화경》이라는 사실. 아! 이런 사실을 진즉에 제대로 알았더라면 내가 법화경을 비방했겠습니까? 그 경을 외고 필사하고 다른 이들에게 들려주는 이를 함부로 대했겠습니까?

옹기장이가 운 이유

둘째, 우리들 나귀는 경거망동해서 귀한 것을 부수는 존재라는 불명예스러운 풍문도 있습니다.

어떤 부자가 큰 잔치를 열려고 하인을 불러 말했습니다.

"질그릇이 아주 많이 필요하다. 너는 수소문해서 솜씨 좋은 옹기장이 한 사람을 데리고 오너라."

하인이 서둘러 옹기장이의 집을 알아내 그곳으로 달려갔는데 하필 그 옹기장이가 대성통곡을 하고 있었습니다. 하인이 그를 달래며 이유를 묻자 옹기장이가 눈물과 한숨을 섞어서 풀어놓은 이야기는 이러했습니다.

"난 쫄딱 망했소. 오늘 시장에 내다 팔려고 내가 얼마나 열심히 그릇을 빚었는지 아무도 모를 것이오. 오늘 아침 그 많은 질그릇을 차곡차곡 저 나귀 등에 실었는데, 아, 그만 저 나귀 녀석이 무슨 심술이 났는지 몸부림을 치고 이리저리 내달리는 바람에 모조리 깨지고 말았소. 내 몇 년의 수고와 땀이 이렇게 허망하게 사라지고 말았으니 어찌 통곡하지 않을 수 있겠소."

그런데 옹기장이의 넋두리를 듣고 있던 하인이 갑자기 박수를 치며 제안했습니다.

"듣고 보니 저 나귀야말로 정말 대단한 녀석이오. 어떻게 몇 년에 걸쳐 이룬 것을 한순간에 다 부술 수가 있단 말이오? 그야말로 능력자 아니겠소? 이보시오. 울지 마시오. 저 나귀를 내게 파시오."

원수 같은 나귀를 거금을 주고 사가겠다는 하인의 말에 옹기장이는 두 번 생각하지 않고 기꺼이 팔아 버렸습니다. 나귀 등에 올라타고 집으로 돌아온 하인에게 주인이 물었지요.

"웬 나귀를 타고 왔느냐? 옹기장이는 언제 오느냐?"

"몇 년을 꿈지럭거려서 이룬 것을 한순간에 부숴 버리는 대단한 나귀입니다. 그래서 제가 옹기장이 대신 이 나귀를 사 왔습니다."

주인이 하인의 어리석음을 크게 꾸짖었음은 두말할 필요가

없습니다.《백유경》

여기 등장하는 나귀에게는 두 가지 커다란 단점이 있습니다.

첫째는 백 년을 기다려도 그릇 하나 만들지 못하는 무능한 존재를 상징합니다. 인생을 산다는 것은 어떻게 해서든 자신의 노력으로 자신의 뜻을 펼치며 무엇인가를 이루는 것입니다. 이뤄야 하는 것은 무엇일까요? 세속을 살아가는 우리는 재산을 모으고 명예를 거머쥐고 권력의 자리에도 올라야 합니다. 떵떵거리며 살지는 않는다고 해도 최소한 남에게 기대지 않고 굴욕당하지 않을 정도의 것들을 이뤄야 합니다. 그리고 부지런히 착하고 좋은 일을 많이 해서 즐거운 과보도 불러 모아야 하고, 남을 위해 기꺼이 힘든 일도 해내면서 공덕을 쌓아야 합니다. 그렇게 하나씩 하나씩 쌓아 올린 즐거운 과보와 공덕은 모두 붓다가 되는 바탕으로 삼아야겠지요.

그런데 나귀는 단 하나도 이루지 못하는 존재입니다. 자신의 것을 이루지 못하기만 한다면 그나마 다행입니다. 다른 이가 공들여 쌓은 탑을 한순간에 부숴 버리는 파괴적인 행동도 서슴지 않습니다. 다른 이에게 해를 끼쳐 그 피해가 결국 자신에게도 미치게 하는 어리석은 존재가 꼭 옹기장이의 나귀와 같다는 것이지요.

그뿐만 아닙니다. 두 번째 단점은 우리들 나귀는 천백 년 남의 공양을 받고도 그 큰 은혜를 몰라서 갚기는커녕 오히려 손해만 끼치는 해로운 존재라는 것입니다. 세상에는 보기 어려운 일이 두 가지가 있다고 하지요. 하나는 은혜를 갚을 줄 아는 것이요, 다른 하나는 큰 은혜는 물론이거니와 조그마한 은혜라도 잊지 않는 것입니다. 은혜를 알고 보답할 줄 아는 사람은 세상의 존경을 받을 만하다고 경전에서는 말합니다.《증일아함경》 심지어는 은혜를 아는 것이 대자대비의 근본이며 선업의 첫 문을 여는 일이요, 사람들의 사랑과 공경을 받고 명예가 멀리까지 들리며 다음 생에도 안락하고 마침내는 붓다가 될 것이라고 말합니다.《제경요집》

어쩌면 깨달음을 이뤄 부처가 된다는 것은 그리 어렵지 않을 수도 있겠습니다. 지금까지 세세생생 목숨을 받고 살아온 것이 누군가의 덕분이라는 점을 잊지 않고 내가 받은 은혜를 다른 누군가에게 나눠 주는 일만으로도 우리는 붓다의 자리에 한 걸음 다가서지 않을까요? 배은망덕하고 천둥벌거숭이처럼 이리저리 날뛰며 부수기만 할 줄 아는 나귀의 생각이라고 일소一笑에 부치지 마시고 한번 유념해 주시기를 바랍니다.

벌거벗은 여인

나귀로 태어나 평생 무거운 짐을 짊어지고 다니는 것도 억울하기 짝이 없는데 더 속상한 일은 외설적인 이야기에 내가 종종 등장한다는 사실입니다. 우리 최초의 조상은 북동부 아프리카 사막 지역의 토종 동물인 누비아야생당나귀입니다. 기원전 4,000년에서 기원전 3,000년 사이에 사육되기 시작했고, 후기 이집트 역사에서 우리들 당나귀는 사막과 관련 있는 붉은 신이자 당나귀 머리를 한 것으로 묘사되는 세트(Seth) 신의 동물로 여겨지고 있으니, 우리가 처음부터 불명예스러운 가축으로 사람들 입에 오르내리지는 않았던 것이 분명합니다.《사육과 육식》

하지만 긴 귀와 뾰족한 주둥이 그리고 수직으로 서 있는 꼬리와 과도하게 큰 페니스는 사람들의 음흉스러운 상상력을 부채질했고, 그러다 보니 외설스러운 행위를 하는 자에게 '나귀와 같은 짓을 한다'고 빗대어 비난하게 되었지요.

불교에서 연쇄살인마였다가 성자가 된 앙굴리말라를 알고 계시지요? 그의 전생 이야기에도 나귀가 등장합니다. 성욕에 빠진 왕자가 나라의 모든 처녀는 결혼하기에 앞서 반드시 자신과 먼저 동침해야 한다고 선언했습니다. 권력자가 함부로 휘두른 초야권 같은 것입니다. 게다가 거역하지 말라는 왕의 엄명까지 더해졌으니 감히 그 부당함을 거론하는 사람은 없었습니다.

어느 날 수만이라는 여인이 왕자의 침실로 끌려가게 됐습니다. 그런데 이 여인이 발가벗고 맨발인 채 사람들 사이를 아무렇지도 않게 돌아다녔습니다. 사람들이 수군거렸습니다.

"그래도 있는 집 딸인데, 어찌 저렇게 벌거벗고서 추태인가! 하는 짓이 꼭 나귀 같군."

그러자 이 말을 들은 수만 여인이 맞받아쳤습니다.

"내가 나귀가 아니라 그대들이 나귀요. 내가 벌거벗고 다닌다고 수군거리는 자 누구요? 여자가 여자 앞에서 벗었는데 창피할 것이 무엇이오. 이 도시에서 남자는 왕자 한 사람뿐이니 나도 그 왕자 앞에 가면 옷을 입을 것이요."《불설앙굴마경》

이 말을 들은 사람들이 왕과 왕자의 불의에 맞서 힘을 모았고 왕자를 죽임으로써 마침내 여인들의 시련은 막을 내렸습니다. 우리들 나귀가 벌거벗고 사람들 사이를 헤집고 다니면서도 부끄러운 줄 모르는 존재를 상징한다는 사실이 불쾌하지만, 이렇게 해서라도 정의를 외치고 실현하게 되었다면 그나마 위안이 됩니다.

강자에게 약하고 약자에게 강하며, 사람들 사이에서 윤리와 도덕을 지키지 않고, 공들여 이루기보다 그저 무너뜨리려고만 덤비는 사람들. 중생 중의 중생입니다. 이런 세상에서 나귀로 살아가는 것이 부끄럽지는 않습니다. 철저히 범부의 속성을 띠고, 범부의 삶이란 어떤 것인지 분명하게 인지해야만 그 허물을 벗고 환골탈태하지 않겠습니까? 우리들 나귀는 사람들의 짐을 짊어지고 비좁고 위태로운 길을 오르내리면서 이제는 이렇게 원을 세우고 있습니다.

"모쪼록 세상 모든 생명체가 진리를 존중하고 땀의 결실을 소중하게 여기며 작은 허물도 부끄럽게 여길 줄 알기를 바랍니다."

이 바람이 이뤄질 때까지 우리들 나귀는 그대들 곁에서 변함없이 땀을 흘리겠습니다.

Ⅳ
동물,
그 이상의 존재

붓다는 번뇌의 속박에서 벗어나는 선명한 가르침을 일러 줍니다.
그것은 때로 호랑이의 용맹함과 사자의 위엄,
코끼리의 우직함으로 비유되곤 하지요.
우리는 당신이 참다운 성품을 찾는 길에 함께할 것입니다.

말
순혈의 명마로 거듭나시길

잘 길들인 말은
숙련된 마부가 채찍을 들기만 해도
마부의 뜻을 알고 달리듯이
비구들이여,
나는 그대들에게 가르침을 베풀 필요가 없었고,
그저 그대들에게 새김을 불러일으키기만 하면 되었다.

《맛지마 니까야》 '톱의 비유의 경' 중에서

싯다르타의 출가를 지켜본 말, 칸타카

청년 한 사람이 집을 나섰습니다. 두 번 다시는 돌아오지 않을 각오로, 태어나서 지금까지 당연하게 곁에 있던 모든 것을 두고서 몸만 빠져나왔습니다. 사랑하는 가족, 아끼던 물건, 체취가 배어 있는 세간. 그 모든 것을 놔둔 채 뒤도 돌아보지 않고 집을 나서는 이 청년. 눈치채셨겠지요? 바로 싯다르타입니다.

여느 청년과는 조금 다른 입장인 것이, 싯다르타는 한 나라의 왕자라는 사실입니다. 그에게는 막강한 권력이 따랐고 명예와 부가 늘 함께했습니다. 그런 자리에서 조용히 내려와 그는 성을 나섰습니다. 그의 출가는 너무나도 조용하고 신속하게 이뤄져서 아무도 알아차리지 못했습니다. 나는 그의 애마 칸타카입니다.

모두가 깊이 잠든 밤에 마부 찬나가 조용히 내 고삐를 끌고 갑니다. 고삐를 쥔 그의 손에 힘이 하나도 들어 있지 않았고, 축 처진 어깨에는 말로 표현할 수 없는 슬픔이 가득 내려앉았습니다. 무슨 일이 벌어지려는 것일까요? 싯다르타 왕자를 등에 태우고 성 밖을 나갈 때면 언제나 내 몸에는 화려한 천이 덮였고, 사람들이 왕자의 존엄한 모습에 환호할 때면 나는 더욱 허리를 곧게 뻗었고 네 다리에 힘주어 땅을 디뎠습니다.

찬나가 나를 부르러 올 때면 늘 살짝 흥분이 일었는데 이 깊은 밤에 그의 모습에서는 슬픔과 절망이 배어 있었습니다. 싯다르타의 궁 앞에 당도하자 마부 찬나는 무릎을 꿇고 왕자를 내 등에 태웠고, 나는 그의 지시를 따라 몸을 돌려 궁을 나섰습니다.

그런데 이상하지요. 예전 같으면 다그닥 다그닥 경쾌한 발굽 소리가 성문으로 난 길 위에 크게 울려 퍼졌을 텐데 오늘은 아무 소리가 나지 않습니다. 바닥에 발을 내려놓는데 어쩐지 구름 위를 걷는 것만 같습니다. 누군가 왕자와 마부 찬나 그리고 왕자의 애마인 나, 이 셋의 모습을 본다면 무언극의 한 장면이라 여겼을지도 모릅니다. 훗날 들은 바로는 하늘의 신들이 내 발굽 아래에 손을 넣어 소리가 나지 않게 했다지요. 세상 사람들이 잠에서 깰까 봐, 그들이 깨어나서 왕자의 출가를 막을까 봐 그리했다고 합니다. 심지어 신들은 사람들이 잠에서 깨지 않도록 마법의 수면 가루를 흩뿌리기까지 했다는군요.

깊은 밤중에 사위는 적막한데 성문까지 가는 길에 찬란한 빛이 비쳤고, 마침내 성문에 이르렀을 때 문은 굳게 빗장이 질러 있었습니다. 행여 싯다르타 왕자가 남몰래 성을 나갈까 염려한 부왕 숫도다나가 이중 삼중으로 빗장을 지른 것이지요.

그 순간 내게 어디서 그런 힘이 솟았을까요? 싯다르타 왕자를 태운 나는 가뿐하게 날아올라 성을 넘었고, 내 꼬리를 잡고 따라오던 마부 찬나도 덩달아 성벽을 뛰어넘었습니다. 싯다르타의 출가 장면을 유성출가상이라고 합니다. '유성'의 유踰는 바로 이렇게 성벽을 가뿐하게 뛰어넘었다는 뜻이지요.

그리고 다시 나는 달렸습니다. 왕자는 아무런 말도 건네지 않았고 마부 역시 조용히 뒤를 따랐습니다. 그렇게 한참을 달린 뒤 도착한 아노마 강가에서 왕자는 내 고삐를 잡아당겨 멈춘 후 내렸습니다. 왕자는 천천히 내 등을 쓰다듬고 목덜미를 어루만지며 이렇게 인사를 건넸습니다.

"참으로 하기 어려운 일을 너는 잘해 주었구나."《과거현재인과경》

아노마강까지 달려오는 내내 불안했는데 그 불안이 현실이 됐습니다. 싯다르타는 더 이상 왕자로 살지 않겠다는 것입니다. 그날 밤, 내 등에서 내린 왕자는 그 후 두 번 다시 그 어떤 동물의 등에 타지 않았습니다. 목숨을 마칠 때까지 당신의 두 발에 신발도 신지 않고 맨발로 자박자박 인간 세상의 길과 길을, 골목과 골목을 밟으며 살다 갔지요. 나는 싯다르타 왕자의 마지막을 함께하고 끝까지 지켜본 유일한 동물 친구입니다.

왕자가 제 몸에서 값비싼 장신구를 벗겨 마부에게 건네주며 일렀습니다.

"이걸 가지고 궁으로 돌아가라. 내 아버지 숫도다나왕에게 말씀을 전해 다오. 당신의 아들은 이제 다시 돌아오지 않는다고."

칠흑 같은 어둠이 열어지고 희붐한 새벽길에 나는 주인을 태우지 못한 채 찬나의 손에 이끌려 터덜터덜 궁으로 향했습니다. 자꾸 뒤를 돌아보며 찬나는 흐느꼈습니다. 나는 애간장이 타들어 가고 심장이 멎는 것만 같습니다. 위엄으로 빛나던 왕자는 이제 없습니다. 세속에서 자신의 그림자를 지우는 그 마지막을 지켜본 나는 살아가야 할 이유가 사라졌습니다. 갑자기 다리에 힘이 빠집니다. 그만 그 자리에서 고꾸라졌습니다.

사람을 등에 태워 보면 압니다. 이 사람이 동물과 교감을 하고 있는지, 동물을 그저 운송 수단으로 여기는지, 아니면 자신의 사랑하는 친구로 여기는지가 대번에 느껴집니다. 싯다르타 왕자에게서 나는 온화한 교감을 언제나 느꼈습니다. 왕자는 나에게 이런저런 이야기를 건네기도 했습니다. 한번은 이런 말도 하더군요.

"아무리 누군가를 사랑한다고 해도 그와는 헤어지게 마련이지.”

사람과의 사이에서 애별리고愛別離苦의 정리情理를 깊게 품는 동물이 바로 말입니다. 훗날 붓다가 되실 이 사람이 특별한 정을 주고받은 동물이기도 합니다. 어쩌면 그 때문에 부처님은 우리들 말과 관련한 수많은 법문을 베푸셨는지도 모르겠습니다.

붓다는 길들이는 사람

길들인다는 말을 좋아하십니까? 인간이 태어난 그대로, 처음부터 품고 나온 본성 그대로 살아가는 것이 가장 자연스러운 일이라 생각한다면 이 ‘길들임’이라는 말에 심하게 거부감을 가질 것입니다. 그런데 어쩌지요? 불교에서는 길들인다는 말이 종종 등장합니다. 불보살이 중생을 길들인다는 것인데 이 말은 ‘교화’의 다른 표현이기도 합니다.

붓다가 유능한 말 조련사 케시를 만났을 때 물었습니다.

“케시여, 그대는 매우 유능한 말 조련사입니다. 대체 어떤 방법으로 말을 길들입니까?”

“저는 세 가지 방법으로 말을 길들입니다. 첫째는 온화하게 길들이고, 둘째는 혹독하게 길들이고, 셋째는 온화함과 혹독함을 번갈아 쓰면서 길들입니다.”

“그 세 가지 방법으로도 말이 길들지 않으면 어떻게 합니까?”

“그럴 땐 그 말을 죽여 버립니다. 그런데 세존께서는 ‘사람을 잘 길들이는 가장 높은 분’이신데, 어떻게 사람을 길들이십니까?”

말 조련사 케시가 붓다에게 되묻습니다. ‘사람을 잘 길들이는 가장 높은 분’이란 말이 저 유명한 ‘무상사無上士 조어장부調御丈夫’이지요. 온갖 수단과 방법을 동원해도 길들지 않으면 그 말이 쓸모없기에 죽여 버린다는 조련사의 말을 떠올릴 때마다 우리는 섬뜩해집니다. 그런데 이어지는 붓다의 대답을 들을 때면 인간들도 우리처럼 섬뜩해지지 않을까요?

“케시여, 나 역시 중생을 세 가지 방법으로 길들입니다. 첫째는 온화하게 길들이니, ‘몸과 입과 뜻으로 짓는 선업은 이러저러한 것이고, 거기에는 이러저러한 즐거움이 과보로 따른다’라고 일러 주는 것입니다. 둘째는 혹독하게 길들이니, ‘몸과 입과 뜻으로 짓는 악업은 이러저러한 것이고, 거기에는 이러저러한 괴로움이 과보로 따른다’라고 일러 주는 것입니다. 셋째는 온화하고 혹독함을 번갈아 일러 주면서 길들이니, '이것은 선업이고 저것은 악업이며, 이것은 선업에 따르는 즐거운 과보요, 저것은 악업에 따르는 괴로운 과보'라고 일러 주는 것입니다."

붓다가 여기까지 말했다면 얼마나 좋을까요? 케시는 또 묻습니다.

"그런데 이 세 가지 방법으로도 길들지 않는 중생이 있다면 어떻게 하십니까?"

붓다의 대답은 마른하늘에 날벼락 같았습니다.

"나 역시 죽여 버립니다."

선업과 악업을 일깨워 주며 교화해도 그 마음이 열리지 않고 실천하지 않는 사람이라면 붓다도 말 조련사처럼 그를 죽여 버린다고 하니, 이것이 대체 붓다가 할 수 있는 말인가요? 케시도 깜짝 놀라 되묻습니다.

"설마요, 세존께서는 결코 생명을 해치지 않는 분이라고 알고 있습니다. 그런데 죽인다니요?"

붓다가 대답합니다.

"맞습니다. 여래는 생명을 해치지 않습니다. 그런데 온갖 방법으로도 그 사람이 길들지 않는다면, 그때 여래는 '이 사람을 일깨우지 말자, 이 사람을 가르치지 말자'라고 생각합니다. 그뿐만 아니라 지혜로운 동료 수행자들도 '이 사람을 일깨우지 말자, 이 사람을 가르치지 말자'라고 생각합니다. 이것이 바로 거룩한 가르침 속에서 죽임을 당하는 사람입니다." 《앙굿따라 니까야》 '케시 경'

붓다가 세상에 존재하는 이유가 바로 이 대답 속에 들어 있습니다. 모든 생명을 길들이기 위해 붓다가 존재한다는 것이지요. 붓다가 그 일을 거부할 때는 그 중생과 부처의 관계는 끝나는 것이며, 붓다가 더 이상 돌아보지 않는 사람은 세속에서는 어떨지 모르겠지만 진리의 세계 속에서는 죽은 사람과 다를 바 없다는 것입니다.

이따금 이런 경전 문구를 접한 사람들은 "왜 길들이느냐? 뭣 때문에? 길들여서 자기 말 잘 듣는 종으로 만들려고?"라며 발칵 화를 내기도 합니다.

자, 이렇게 설명해 볼까요?

세상에는 참으로 다양한 사람들이 살아가고 있습니다. 숱한 사람들은 그냥저냥 살다가 한생을 마치지요. 그런데 개중에 어떤 사람은 남들처럼 살아가다가 문득 이런 의문을 품습니다.

'이렇게 사는 것이 과연 진실한 삶일까?'

'조금 더 가치 있는 삶은 없을까?'

'조금 더 행복해지려면, 이 행복이 오래가려면 어떻게 해야 좋을까?'

이런 의문을 품기 시작하면 마음이 간절해집니다. 그리고 예민해지지요. 바로 그럴 때 누군가가 한마디 조언을 들려준다면, 그 사람의 마음은 활짝 열립니다. 누구나 똑같은 야생의, 천연의 상태로 살아가는 삶에서 이런 의문을 품는 것은 그 사람이 계발될 여지를 스스로 드러냈다는 뜻이며, 그럴 때 올바른 정신적 스승의 가르침을 만나면 그 사람은 자기 삶을 완전하고 아름답게 꽃피울 수 있습니다.

마치 야생마 무리가 뛰노는 들판을 찾아간 조련사가 그중에서도 가장 힘이 좋고 생김새도 훌륭한 말을 발견하고서 '잘 길들인다면 황제가 탈 법한 최고의 말이 될 수도 있겠다'고 판단한 뒤 궁정의 마구간으로 데려가 길들이는 것과 같습니다.

명마의 조건

모든 사람이 다 종교적인 삶을 살며 자기 인생을 뜻깊게 가꾸는 건 아닙니다. 정신적인, 영적인 삶을 살지 않는 사람은 들판을 마음 내키는 대로 뛰어노는 야생마와 같으며, 그런 야생마 중에서 왕의 말 조련사를 만나는 말은 명마로 거듭난다는 것입니다. 그냥저냥 살던 대로 살아가겠다면 불보살님도 뭐 어쩌지 않습니다만, 그래도 조금 더 나은 삶을 살아가겠다는 바람을 품는다면 그에게는 이제 혹독한 조련의 시간이 찾아옵니다. 그것이 바로 수행의 시절이며 그 조련을 거쳐야 최고의 명마로 다시 태어납니다.

그렇다면 명마란 어떤 조건들을 갖추어야 할까요? 첫째는 민첩하고 재빨라야 하며, 둘째는 털 빛깔이 완벽해야 하고, 셋째는 생김새도 출중해야 합니다. 이 조건을 진리의 세계에 빗대어 설명하자면, 민첩하고 재빠르다는 것은 진지하고 철저하게 수행하여 완벽하게 괴로움을 털어 버리고 해탈하는 것을 가리킵니다. 털 빛깔이 완벽하다는 것은 자기 혼자 해탈하는 것에서 한 걸음 나아가 다른 이들에게도 진리를 잘 설명하고 이해시키는 능력을 말합니다. 생김새가 출중하다는 것은 마음공부를 잘 해서 세상의 훌륭한 스승이 되어 수행하는 데에 어려움이 없는 것을 말합니다. 《잡아함경》 '양마 경'

우리는 좁은 마구간에 갇혀 사람이 주는 먹이를 먹으며 살만 찌우고 살지 않습니다. 마구간 문이 덜컹 열리면 언제든 뛰어나갈 준비가 되어 있습니다. 마부가 다가오면 우리 심장은 마구 뜁니다. 어서 이 비좁은 실내에서 벗어나 광야를 달리고픈 마음에 네 다리로 연신 번갈아 땅을 구릅니다.

그런데 말에게도 네 부류가 있다는 사실을 알고 계신가요?

첫 번째 부류는 우리에게 다가오는 마부의 손에 든 채찍의 그림자만 보아도 달려 나갈 준비를 하는 말입니다. 마부가 우리를 어느 곳으로 몰지 그 의도를 이미 알아차린, 명마 중의 명마입니다.

두 번째 부류는 채찍이 털에 닿아야 "아, 달려야 하는구나."라고 마부의 뜻을 알아차리고 달려 나가는 말입니다.

세 번째 부류는 마부가 휘두른 채찍이 살갗에 닿아야 달려 나갑니다.

마지막 네 번째 부류는 마부가 휘두른 채찍이 살갗을 가르고 뼈까지 때려야 앞으로 달려 나가는 말입니다.

이 세상에 영원한 것은 없습니다. 태어난 자는 늙고 병들고 죽게 마련입니다. 사랑하는 이와는 헤어지게 마련이고, 미워하는 이와는 만나게 마련입니다. 원하는 것을 다 얻을 수는 없습니다. 이런 이치를 모르는 사람이 있을까요? 없습니다. 그 정도는 다 알고 있다고들 말합니다.

하지만 머리로는 알아도 막상 늙음과 병, 죽음이 자기에게 닥치면 마치 와서는 안 될 것들이 온 것처럼 놀라고 당황하고 어찌할 줄을 몰라 합니다. 내 사랑은 굳건하다고 믿어 의심치 않지만, 사랑이 처음 그대로 영원하지 않을 뿐만 아니라 사랑하건 미워하건 인간관계의 끝은 죽음입니다. 아무리 사랑하는 사람이라 해도 죽음으로 생사가 나뉩니다.

당연히 알고 있는 사실이지만 그것이 바로 자기에게 닥칠 문제라는 건 그리 의식하지 않고 살아가는 세상 사람들! 그런데 그중 어떤 이는 자기와는 상관없는 저 먼 곳 사람들의 생로병사 소식을 듣기만 해도 자신에게 일어날 수 있는, 아니 자신도 반드시 겪을 문제로 여기고 깊이 사유하고 마음공부에 매진합니다. 첫 번째 명마의 조건을 갖춘 사람들이지요.

어떤 사람들은 다른 이의 생로병사 소식을 듣는 것만으로는 아무런 느낌도 없다가 그들의 늙고 죽음을 목격하면 비로소 자신의 생사 문제라 여기며 사유합니다. 두 번째 부류의 말과 같은 사람입니다.

또 어떤 사람들은 자신과 가까운 사람의 늙고 병들고 죽는 모습을 보고서야 자신의 문제라 여기고 사유하는데 세 번째 부류의 말과 같은 사람입니다.

또 어떤 사람들은 자신이 늙고 병들고 죽음에 이르러서야 비로소 "아, 덧없구나. 나는 병에 걸리지 않을 줄 알았는데."라거나 "나도 이렇게 죽는 신세가 되었구나."라며 죽음을 사유하고 뒤늦게 마음공부를 하려 듭니다. 《앙굿따라 니까야》 '파토다 경'

붓다는 쉬지 않고 사람들에게 번뇌의 속박에서 풀려나는 법을 일러 줍니다. 붓다 눈에는 모든 사람이 다 우리 같은 순혈의 명마로 보이나 봅니다. 하지만 붓다의 길들임을 거부한다면 붓다와의 인연도 거기서 끝이요, 진리의 세계에서도 작별이지요. 붓다의 가르침을 받아들이며 자신의 생로병사를 해결하는 일. 그것이 바로 길드는 일입니다.

성숙해져야 합니다.

향상이라고 하지요. 업그레이드되는 삶.

하루하루가 똑같아서 결국 사는 것에 권태를 느낀다면 삶이 얼마나 괴로울까요? “내버려 둬, 난 그냥 살던 대로 살래.”라는 사람이 많습니다. 붓다의 길들임을 거부하니 꽤 멋져 보이기도 합니다만, 중생으로 태어나서 중생으로 살다 죽고 다시 중생으로 태어나는 도돌이표 같은 삶을 떠올리자면, 이번 한생, 붓다라는 명조련사에게 잘 길드는 것도 꽤 괜찮지 않을까요?

어제보다 생각이 조금 더 깊어지고, 어제보다 시야가 조금 더 넓어지고, 그래서 어제보다 오늘이 조금 더 현명해지도록 나를 길들이는 시간이 필요합니다. 명마로 거듭나 제왕의 말이 될지, 초원에서 풀을 뜯으며 그냥저냥 살다 갈 것인지는 각자의 선택에 달렸습니다. 당신의 선택이 궁금합니다.

붓다는 쉬지 않고 사람들에게 번뇌의 속박에서 풀려나는 법을 일러 줍니다. 붓다 눈에는 모든 사람이 다 우리 같은 순혈의 명마로 보이나 봅니다. 하지만 붓다의 길들임을 거부한다면 붓다와의 인연도 거기서 끝이요, 진리의 세계에서도 작별이지요. 붓다의 가르침을 받아들이며 자신의 생로병사를 해결하는 일. 그것이 바로 길드는 일입니다.

소
당신의 소는 어디 있나요

번뇌에서 풀려나도록 이끄는 정진이
내게는 짐을 실어 나르는 황소.
슬픔이 없는 곳으로 도달해서
되돌아오지 않습니다.

《숫타니파타》 '까씨 바라드와자의 경' 중에서

재산을 불려 주는 소

아주 오래전 인도 땅에 바라문 한 사람이 송아지 한 마리를 사 왔습니다. 이 송아지는 동물 희생제에 쓰일 운명이었지만 천만다행으로 목숨을 건지게 됐습니다. 바라문은 송아지를 데려와서는 난디 비살라라는 이름을 붙여 주고 사랑을 담뿍 담아서 길렀습니다. 무럭무럭 자라난 난디 비살라가 어느 날 바라문에게 말했습니다.

"저는 인도 땅에서 가장 힘이 센 소입니다. 그러니 소를 많이 키우고 있는 부유한 상인에게 가서 이렇게 말하십시오. '우리 집 수소는 짐을 가득 실은 수레 백 량輛을 한번에 끌 수 있습니다. 당신에게도 그런 소가 있다면 내기를 해 볼까요? 금화 천 냥을 걸지요.'라고요."

난디 비살라의 제안을 받은 바라문은 소가 시키는 대로 도시에서 가장 부유한 상인에게 가서 말했습니다.

"우리 집 소는 수레 백 량도 한번에 끌 수 있는데…."

이 말을 들은 상인이 비웃습니다.

"뭘 모르시는 말씀이군요. 가장 힘센 소는 우리 집에 있습니다. 우리 집 소도 못 하는 걸 당신네 소가 할 수 있다고요? 좋습니다. 어디 한번 내기해 보지요."

난디 비살라가 의도한 대로 두 사람은 천 냥의 금화를 걸었습니다. 바라문은 곧장 집으로 돌아와 돌이며 자갈, 모래를 가득 실은 수레 백 량을 준비한 뒤 난디 비살라를 훌륭하게 치장해 맨 앞 수레에 멍에를 메었습니다. 그리고 자신은 끌채 위에 올라타고 채찍을 휘두르며 소리쳤습니다.

"자, 어디 한번 끌어 봐라, 거짓말쟁이야. 앞으로 가라, 허풍쟁이야!"

그런데 정작 내기를 걸라고 제안한 소는 꼼짝도 하지 않았습니다. 네 발이 기둥처럼 땅에 붙박인 채 수레 백 량을 끌기는커녕 눈곱만큼도 앞으로 나아가지 않았습니다. 상인은 그것 보란 듯 그 자리에서 바라문에게 금화 천 냥을 받아 가 버렸습니다. 순식간에 거금을 날려 버린 바라문은 너무나 상심한 나머지 집으로 돌아와 그만 앓아눕고 말았습니다. 이 모습을 본 난디 비살라가 말했지요.

"나는 지금까지 거짓말을 한 적이 없는데 왜 나를 그렇게 불렀습니까? 당신이 돈을 잃은 건 당신이 허풍을 떨고 거짓말을 했기 때문이지 내 탓은 아닙니다. 하지만 나는 당신에게 큰 은혜를 입었습니다. 그러니 기회를 한 번 더 드리겠습니다. 어서 일어나 그 상인에게 가서 다시 한번 내기하십시오. 이번에는 금화 2천 냥을 거세요. 단, 이번에는 절대로 나를 거짓말쟁이나 허풍쟁이라고 불러서는 안 됩니다."

단단히 약속한 바라문은 상인에게 달려갔고 두 배의 돈을 걸었습니다. 그리고 약속한 대로 바라문은 백 량의 수레를 끌게 된 난디 비살라에게 이렇게 말했지요.

"자, 앞으로 가거라, 현명한 자야. 어서 수레를 끌어라, 수소여."

난디 비살라는 바라문의 말이 떨어지기 무섭게 백 량의 수레를 거뜬히 끌고 앞으로 나갔습니다. 바라문은 금화 2천 냥을 얻었고 크게 부자가 되었습니다. 주인을 큰 부자로 만들어 준 강직한 수소는 바로 석가모니 붓다의 전생이었다는 이 이야기는 《자타카》에 담겨 있습니다.

그런데 왜 소는 자꾸 도망칠까

이렇게 우리들 소는 사람을 부자로 만들어 주는 동물로, 인간과 아주 특별한 관계를 맺고 있습니다. 우리가 쟁기를 끌고 밭을 갈기 시작한 것은 기원전 6,000년 이전까지 거슬러 올라갑니다. 우리는 인간에게 길들고 개량된 대표적인 동물입니다. 철저하게 사람을 위해 태어나 평생 농사를 돕고 짐과 사람을 실어

나르다가, 죽어서는 머리부터 꼬리와 가죽까지 사람에게 내주는 몇 안 되는 동물이지요.

사람들은 우리를 이용해 농사를 짓고 부를 늘려 갔습니다. 소를 몇 마리 가지고 있느냐로 부를 가늠했고, 심지어 신을 위한 제사에서 우리를 가장 많이 희생시켰습니다. 사람들에게 단백질의 주공급원이 되었고, 우리 몸에서 짜낸 우유는 고대문명에서 아주 귀하게 다룬 음식물이었습니다. 경전에서는 우유를 발효한 음식 가운데 가장 영양가 높은 제호醍醐를 최고의 맛으로 여기고 있습니다. 소가 재산이었기에 사람들은 소를 세어 보며 '나의 것'에 대한 자긍심이 높아졌고 그럴수록 '나의 것'에 대한 애착도 덩달아 강렬해졌습니다.

수많은 경전을 읽고 외워도
게을러서 실천하지 않으면
진정한 수행자로 사는 것이 아니니,
목동이 남의 소를 세는 것과 같다.

《법구경》

남의 소가 아무리 많은들 내 것이 아닌데 무슨 의미가 있을까요? 남의 소 백 마리보다 내 소유의 소 한 마리가 자신에게는 더 소중합니다. 마음공부를 한다면서 경전을 읽고 법문도 듣지만 실천으로 이어지지 않으면 남의 소를 세는 것과 같습니다. 그 좋은 가르침이 내 소유의 재산이 되지 않으면 쓸모가 없는 법입니다.

그런데 아주 흥미로운 것은, 우리는 사람에게 부를 안겨 주는 동물이지만 자주 사람들에게서 달아난다는 사실입니다. 경전에서도 예외는 아니어서 우리는 자주 달아납니다. 그러면 사람들은 잃어버린 자신의 소유물을 찾기 위해 눈이 벌게져 온 산천을 헤매고 다닙니다.

가난한 농부 한 사람이 살고 있었습니다. 어느 날 그는 붓다가 자기 마을에 와 법문한다는 소문을 들었습니다. 당장 달려가고 싶었지만 간밤에 소가 달아나 버린 사실을 알게 됐습니다. 가난한 농부에게 소 한 마리는 너무나도 소중한 재산입니다. 소를 잃는다는 것은 전 재산을 잃는 것과 다르지 않을 것입니다. 농부는 일단 소부터 찾기로 했습니다. 온 들판을 헤맨 끝에 간신히 소를 찾아 마구간에 매어 놓고 허겁지겁 부처님 법문을 들으러 달려갔습니다.

멀리서 농부가 달려오는 모습을 본 붓다는 그에게 음식부터 내어 주라고 이릅니다. 배고픔에 시달리는 사람에게 진리가 귀에 들어오겠느냐는 것이지요. '중생에게 배고픔은 가장 무서운 병'이라고 붓다는 말합니다. 《법구경》

'나의 것'을 잃는다는 것이 얼마나 커다란 충격인지 재산을 잃어 본 사람은 압니다. 소 한 마리의 의미는 그렇습니다. 사람들은 그토록 자신의 소를 가지려고 애쓰고, 가지면 절대로 놓치지 않으려 버둥대고, 놓치면 혈안이 되어 그걸 찾아 산천을 헤매고 다닙니다. 가난한 농부가 잃어버렸다 되찾은 한 마리 소처럼, 당신에게도 그런 '소'가 있겠지요.

당신의 소는 어디에 있는가

소를 잃어버린 사람은 소를 찾아 나섭니다. 소를 잃고는 살아갈 수 없기에 무슨 수를 써서라도 찾으려 합니다. 당신의 '소'는 무엇인가요? 부동산, 자동차, 자식, 명예, 권력 등등. 일생을 쏟아붓고 찾아 헤매는 소는 사람마다 다양할 것입니다.

하지만 사람들은 우리들 소가 그런 재물만 의미하지는 않는 다는 사실을 잘 모릅니다. 세속 사람들이 찾아 헤매는 소와 달리 붓다가 사람들에게 찾기를 권하는 소는 따로 있습니다. 그것은 바로 사람들의 참다운 성품입니다. 세속의 재산은 움켜쥘수록 배는 점점 더 고파질 뿐입니다. 기대치도 덩달아 높아지기 때문입니다. 하지만 종교적 차원에서 반드시 찾아 나서야 할 참다운 성품이라는 재산은 그렇지 않습니다. 불교에서는 바로 이런 재산을 소에 비유하며 그걸 찾으라고 당부합니다. 저 유명한 십우도가 그것입니다.

진정 내 인생의 주인이 되려면 내 본래 성품(소)을 찾아야 합니다. 그런데 가장 중요한 '소'를 잃어버린 지 오래이건만 정작 잃어버린 줄도 모릅니다. 그러니 찾아 나설 생각은 아예 하지도 않지요. 그래서 가장 먼저 해야 할 일은 소를 찾아야겠다고 나서는 일입니다. 소는 어디로 갔을까요? 찬찬히 주변을 살피며 소의 발자국을 찾아봐야 합니다. 발자국을 찾아서 따라가다 보면 소를 발견할 수 있습니다.

발견했다면 조심스레 다가가서 대번에 소를 붙잡아야 합니다. 자칫 놓칠 수가 있으니 온 마음을 다 쏟고 지혜를 짜내서 붙잡아야 합니다. 그런데 자유로이 노닐던 소가 고분고분 말을 들을 리 없습니다. 어르고 달래어서 소를 길들여야 합니다. 그렇게 해서 길들인 소는 자신의 등을 내줍니다. 이제 소를 타고 집으로 돌아옵니다. 소를 우리에 넣으니 그토록 간절하게 찾고자 했던 소에 대한 생각은 사라지고 사람만 남습니다.

어느 사이엔가 소도 사람도 사라집니다. 날이 밝으면 사람은 다시 소를 몰고 밭을 갈며 배고프면 밥 먹고 졸리면 잡니다. 하지만 거기에서 멈추지 않습니다. 사람들이 많이 오가는 시장통으로 가서 자기처럼 소를 잃어버린 사람들에게 소 찾는 방법을 일러 줍니다. 이것이 십우도의 내용입니다.

세상은 소를 많이 가진 사람이 최고라 하지만 대부분의 사람은 남이 가진 소를 세기만 할 뿐 자기 소를 헤아릴 생각은 하지 못합니다. 자기 삶을 남과 비교하고 세상의 가치 기준에 맹목적으로 휘둘립니다. 세상이 부의 기준으로 삼는 소가 진짜 우리가 찾아 헤매야 하는 소인가를 반성해야 합니다. 무엇이 정말로 찾아야 하는 소인지를 생각하고 그 소를 찾아야겠다는 마음을 내야 합니다. 그리고 찾아야 합니다.

“내 인생이야!”라고 사람들은 외쳐대지만 정작 자신의 못된 습관 하나 제대로 고치지 못해 쩔쩔맵니다. 이러한데 내가 진짜 내 인생, 내 목숨의 주인 맞나요? 잃어버린 당신의 소는 어디에 있습니까? 소의 흔적을 발견했다면 잘 붙잡았고 잘 길들였습니까? 잘 길들였다면 이제 같이 세상으로 나아가 세상의 빛이 되는 일만 남았습니다. 소는 이 묵직한 화두를 안겨 주는, 정말 고마운 동물입니다.

사자

근심도 집착도 하지 않는 사자

이빨이 억세 뭇짐승의 왕이 된 사자가
뭇짐승을 제압하고 승리하듯이
외딴곳에 거처를 마련하고,
무소의 뿔처럼 혼자서 가라.

《숫타니파타》 '무소의 뿔의 경' 중에서

백수의 왕 사자

자, 다음의 설명을 읽고 내가 누구인지 맞혀 보기 바랍니다.

"깊은 산 큰 계곡에 살고 있다. 뺨은 사각이고 광대뼈가 크다. 머리가 크며, 눈은 길고, 맑고 깨끗한 윤기가 흐른다. 어금니는 예리하고 희고 깨끗하고, 입과 코는 반듯하고 크며 두툼해서 튼

튼하고 꽉 차 있다. 치아는 촘촘하고 가지런하고 날카롭고, 내미는 혀는 새빨갛고, 두 귀는 높이 솟아 있다. 털은 윤이 흐르고, 상반신은 크고 넓으며, 등뼈가 길고 허리가 가늘어서 그 배를 드러내 보이지 않고 꼬리가 길고 날카로운 발톱으로 대지에 단단하게 서 있으며, 몸이 거대하고 매우 힘이 세다." 《대지도론》

힌트를 드리겠습니다. 미국 할리우드 영화를 볼 때면 영화 시작하기 직전 언제나 영화사 로고가 사람들의 눈길을 사로잡지요. 특히 미국 영화제작사 MGM사의 로고에는 거대한 동물이 등장해서 크게 포효합니다.

맞습니다. 바로 사자입니다. 영화사 로고 속의 나는 크게 울부짖습니다. 그런데 참으로 묘한 것이 있습니다. 나는 포효하기는 하는데 그 소리를 의성어로 표현하기가 쉽지 않기 때문입니다. 개들은 멍멍 짖고, 고양이는 야옹 하고, 호랑이는 어흥 하는데 사자의 울음소리는? 그렇습니다. 뭔가 소리를 내는 건 분명한데 고막을 찢는 소리라기보다 거친 숨소리, 주변을 진동케 하는 떨림이 먼저 느껴집니다.

경전 속 사자는 이른 아침 굴에서 나오면 앞다리를 쭉 펴고 기지개를 켠 뒤에 크게 포효합니다. 그러면 둘레의 온갖 동물들이 그 기세에 압도당해 납작 엎드립니다. 나는 그냥 "아, 잘 잤다."라고 기지개를 켤 뿐인데 그것만으로도 뭇 생명체를 압도하기 때문에 나는 수많은 동물, 즉 백수의 왕이라고 불립니다.

사자는 사람들에게 추앙을 받습니다. 물론 암사자가 아닌 수사자가 그 주인공입니다. "수사자는 남성성은 물론이고 왕의 위엄을 연상시킨다. 왕관이나 화관 같은 갈기털로 뒤덮인 정글의 왕, 영역 내 모든 존재의 군주, 사자의 이름을 딴 중세 군주로는 잉글랜드의 사자왕 리처드, 작센 공국의 하인리히 사자공, 스코틀랜드의 사자왕 윌리엄, 플랑드르의 사자 로베르 3세가 있다."라고 영국의 언론인 사이먼 반즈는 말합니다. 《100가지 동물로 읽는 세계사》

인도에서 탄생한 불교도 예외는 아닙니다. 《대지도론》에는 나의 위용을 아주 자세하게 설명하고 있습니다.

"동굴에서 나와 등을 낮게 펴고 으르렁 신음하며, 주둥이로 대지를 두드려 그 큰 위세를 드러낸다. 이른 아침에 모습을 나타내어 사자왕의 위력을 보이며 노루, 사슴, 크고 작은 곰들, 범과 표범, 멧돼지 무리를 제압하고 늦잠 자는 온갖 동물들을 깨워 놓고 강력하게 위력을 드러내 모든 동물을 항복시키며 스스로 길을 열면서 크게 으르렁거린다. 이와 같이 포효할 때 그 소리를 듣는 동물 중 어떤 것은 기뻐하고 어떤 것은 겁에 질리는데, 굴에 사는 동물은 더욱 깊이 숨고, 물에 사는 동물은 깊이 잠수하고, 산에 숨어 사는 동물은 낮게 엎드리고, 마구간의 코끼리는 사슬을 흔들고 미친 듯이 내달리며, 새는 하늘로 높이 날아올라 아주 멀리 떠나간다."

백수의 왕인 사자는 붓다입니다. 붓다가 어디서든 법문을 시작하기만 하면 그릇된 생각을 품고 있거나 사악한 행동을 하려던 이들이 하나같이 겁에 질려 전율하는데 그 모습이 이른 아침 사자의 포효에 놀란 동물들과 같다는 것이지요. 그래서 붓다의 말을 사자의 포효와 같다고 해서 사자후라 부르고, 붓다의 자리를 사자좌라 부르며, 오른쪽 옆구리를 바닥에 대고 누운 붓다의 자세를 '사자처럼 누우셨다'라는 정형구로 표현합니다.

심지어 붓다의 외모도 사자와 다르지 않다고 합니다. 먼저, 붓다의 턱은 사자처럼 사각인데 이는 붓다가 전생에 어느 곳에 태어나더라도 쓸데없는 말을 하지 않았음을 뜻합니다. 사실에 맞는 말, 쓸모 있는 말, 계율에 부합하는 말, 가치 있는 말을 올바른 때에 신중하고 의미 있게 해 왔다는 것이지요. 이런 턱을 가진 붓다가 탐욕과 성냄과 어리석음이라는 자기 내부의 번뇌에 시달릴 일은 없을 것이요, 바깥의 그 어떤 자들에게도(인간은 물론 신에게조차도) 절대로 침탈당하지 않는다고 합니다.

붓다의 상반신도 수사자와 같다고 합니다. 이런 모습은 붓다가 전생에 언제나 사람들이 행복하게 살려면 무엇을 해야 하는지, 무엇을 하도록 권해야 하는지를 고민하고 그 방법을 찾아내 일러 주고 적극적으로 권한 선행의 결과라는 것이지요. 수사자의 그것과 같은 상반신을 가진 사람은 일생을 살아가는 데 발전과 번영이 깃들 것이며, 고귀한 목적을 이룰 것이라고 말합니다. 사자와 붓다는 이렇게 행동거지뿐만 아니라 생김새마저도 똑 닮았으니 사자는 동물의 왕이요, 붓다는 온 세상 모든 생명체를 품은 진리의 왕입니다.

사자의 일곱 가지 덕

불교 신자의 가장 큰 바람은 완전한 깨달음을 얻은 붓다가 되는 것입니다. 어떻게 살면 그렇게 될 수 있을지 궁금하다면 사자인 우리처럼 행동하면 됩니다. 그 구체적인 사항을 알려 드리지요.

첫째, 우리들 사자는 잡다한 것과 뒤섞이지 않습니다. 티끌 없고 청정하고 결백합니다. 그러니 붓다가 되고 싶은 사람이라면 그 마음이 티끌 없고 청정하고 결백해야 합니다. 행여 잘못을 저지른 뒤에 후회할 짓이라면 처음부터 아주 멀리 떠나야 합니다.

둘째, 우리는 네 개의 다리로 쏜살처럼 달려 나갑니다. 붓다가 되고픈 사람도 네 다리로 곧장 앞으로 달려가야 합니다. 네 개의 다리란 '사신족'을 말합니다. 심오한 참선의 경지를 얻기 위한 네 가지 조건이지요. 첫째는 바람입니다. 참선해서 마음의 번뇌를 모두 떨쳐 버리고 행복하고 고요한 해탈의 경지에 들어가고 싶다는 바람입니다. 둘째는 노력으로, 그런 바람을 이루고자 노력하는 것입니다. 셋째는 마음입니다. 바람을 이루기 위해서는 마음을 어떻게 굳게 다잡느냐가 중요합니다. 네 번째는 지혜입니다. 바람을 실현하기 위해 수행하는 데에는 지혜가 필요합니다. 사자의 네 다리는 이와 같은 네 가지 조건을 비유합니다. 마음공부를 열심히 해서 붓다처럼 되고 싶다면 기억해야 할 내용이지요.

셋째, 우리의 갈기는 아주 화려하고 광택이 흘러넘치는데 갈기가 없다면 사자로서 위용을 잃은 것과 다르지 않습니다. 우리들 수사자를 수사자답게 만드는 것이 바로 갈기입니다. 붓다가 되고 싶다면 계를 잘 지켜야 합니다. 구도자에게 '계를 지키는 일'은 사자의 갈기와도 같이 그 사람을 가장 멋지게 장식해 줄 것입니다.

넷째, 우리는 목숨을 잃을지언정 어떤 것에도 굴복하지 않습니다. 세속을 떠난 구도자에게도 생활에 필요한 물품들이 있게 마련입니다. 음식이며 옷, 앉거나 누울 자리, 의약품이 그렇습니다. 하지만 설령 이 물품들을 얻지 못했다고 해서 좌절하거나 비굴하게 상대에게 무릎을 꿇어서는 안 됩니다.

다섯째, 우리는 먹이를 먹을 때 차례로 나아가 먹습니다. 먹이가 있는 곳에서 원하는 만큼만 먹을 뿐 더 맛있는 먹이를 찾아다니지 않습니다. 구도자도 그렇습니다. 하루 한 끼 탁발할 때 마을에 들어서면 차례로 집을 찾아다녀야 합니다. 집들을 골라 다녀서는 안 되고, 더 맛있는 음식을 바라며 다녀도 안 됩니다. 음식이란 몸을 지탱하기에 족할 정도의 양으로 만족해야 합니다.

여섯째, 우리들 사자는 썩은 고기를 먹지 않으며 한 번 먹은 곳에는 다시 가지 않습니다. 그처럼 구도자라면 음식을 쌓아 두고 먹지 않아야 합니다.

일곱째, 우리는 먹을 것을 구하지 못해도 근심하지 않고 먹을 것을 구해도 집착하지 않습니다. 욕심부리지 않고 그릇된 마음 없이 먹습니다. 구도자도 마찬가지입니다. 먹을 것을 얻지 못했다고 근심하지 말 것이요, 먹을 것을 얻었어도 집착하지 말아야 합니다. 맛에 탐착하는 것은 죄요 허물이라 여기고 해탈의 길을 생각하며 음식을 먹어야 합니다. 《밀린다왕문경》

일생을 살면서 이 일곱 가지를 충실하게 실천한 사람은 진리의 왕 붓다가 되었습니다. 만약 조금이라도 가치 있는 인생을 살고 싶다면 우리들 사자가 지닌 일곱 가지 미덕을 일상에서 따라 해 보시기를 권합니다. 특히 구하지 못해도 근심하지 않고 구했어도 집착하지 않는다는 것, 참 멋지지 않나요?

사자를 사자답게 만드는 두 가지 덕목

사자는 동물의 왕입니다. 점잖고 우아하고 카리스마를 잃지 않습니다. 특히 다음의 두 가지 마음가짐을 잊지 않기 때문에 백수의 제왕이라는 호칭을 다른 동물에게 빼앗기지 않습니다.

첫 번째 마음가짐은 언제 어디서나 무엇을 향해 한결같다는 점입니다.

"배가 고파서 코끼리를 잡아먹을 때 분연히 신속하게 힘의 기상을 다하고, 양이나 사슴 같은 작은 짐승의 무리를 잡을 때 떨치는 힘의 기상도 코끼리에게 하듯 한결같습니다. 이처럼 사자는 그 두 가지 경우를 따로 여기지 않습니다."《묘비보살소문경》

어디서 무슨 일을 하든 우직하게 정진해야 성공할 수 있습니다. 동물의 왕 사자도 먹이를 쫓을 때면 상대가 강력하거나 연약하거나 가리지 않고 최선을 다합니다. 형편에 따라 탄력적으로 대처하는 것도 요령을 갖춘 현명한 자세라 하겠지만, 그런 일이 반복되면 항상심이 사라져 어느 사이엔가 게으름에 잡아먹힐 것이 빤합니다. 그렇게 되면 그 사람에게는 실패만이 기다릴 것이요, 정작 당사자는 책임이 자신에게 있는 줄도 모르고 상대방 탓을 하는 어리석음만을 품게 될 것입니다.

두 번째 마음가짐은 정확히 대상을 꿰뚫는다는 점입니다.

어떤 비구니 스님이 고행하는 사람을 보았습니다. 온몸을 불로 지져대는데 땀으로 범벅 되었고 뜨거운 열기를 참느라 목구멍과 입술과 혀가 바짝 말라 있었지요. 열기를 이기지 못해 땅바닥에 뒹굴며 괴로워하면서도 고행을 멈추지 않았습니다. 이 남자는 낡은 베옷을 입은 채 언제나 온몸을 불로 지졌습니다. 비구니 스님이 그의 고행을 지켜보다 말했습니다.

"그대는 진정으로 지져야 할 것은 지지지 않고, 지지지 말아야 할 것을 지지고 있군요."

고행자가 이 말을 듣자 버럭 화를 냈습니다.

"가소롭구나. 까까머리 수행녀야. 그래, 대체 내가 뭘 지져야 옳단 말인가?"

비구니 스님이 답했습니다.

"진정으로 지져야 할 것을 알고 싶은가? 지금 그 화내는 마음을 지져야 할 것이다. 몸이 아니라 마음을 지지는 것이 진정한 지짐이다. 소가 수레를 끌고 있는데 앞으로 나아가지 않는다면 그대는 소를 채찍질하겠는가, 수레를 채찍질하겠는가? 몸은 수레와 같고 마음은 소와 같으니, 그대는 마음을 지져야 하거늘 어째서 몸을 괴롭히는가?"

스님은 또 말했습니다.

"어떤 사람이 화살을 쏘거나 기왓장이나 돌을 던지면 사자는 곧바로 그 사람을 쫓아가는데, 어리석은 개는 사람이 아니라 기왓장이나 돌을 쫓아가니 근본 원인을 찾을 줄 모르는 것이 그대와 같지 않은가? 사자는 지혜로워서 근본 원인을 꿰뚫어 알지만 어리석은 개는 그러지 못하니, 지금 고행을 하며 온몸을 불로 지지는 그대는 사자가 아니라 저 어리석은 개와 다를 바가 없구나."

비구니 스님의 일갈에 고행자는 아무 대꾸도 하지 못했습니다. 《대장엄론경》

우리들 사자는 그렇습니다. 누군가가 돌을 던지면 그 사람에게 달려듭니다. 그래야 내게 돌을 던지거나 화살을 쏘지 못하기 때문입니다. 《전등록》에 전하는 '한로축괴韓盧逐塊 사자교인獅子咬人'이라는 고사성어가 바로 이것입니다. 개(한로)는 흙덩이를 쫓지만 사자는 사람을 문다는 뜻으로, 문제의 핵심을 제대로 꿰뚫는 것이 얼마나 중요한가를 비유하는 유명한 고사성어입니다. 붓다가 된다는 것도 바로 이런 지혜를 갖춘다는 뜻 아닐까요?

원인을 제대로 알아야 문제를 근본적으로 해결할 수 있습니다. 나에게 날아오는 온갖 흙덩이며 화살 같은 고통과 슬픔의 원인을 제대로 알아차려야 합니다. 대충 아무 데서나 원인을 찾으면 괴로움과 슬픔과 번민에서 영원히 풀려날 수 없습니다. 지말枝末에 끄달리지 않고 핵심으로 직진하는 동물이 사자입니다.

붓다를 사자에 비유하는 이유를 아시겠지요? 이런 지혜를 갖춘 사람은 어디를 가더라도 누구를 상대하더라도 겁을 먹거나 위축되지 않습니다. 당당하고 품위가 있어 상대를 압도합니다. 마치 '소리에 놀라지 않는 사자'처럼 되는 것이지요. 《숫타니파타》

사자를 무너뜨리는 것

백수의 왕 사자가 이른 아침 굴에서 나와 기지개를 활짝 켜고 포효하면 모든 동물이 혼비백산하고 맙니다. 우리들 사자를 당할 자는 없습니다. 하지만 그런 우리도 끝까지 조심해야 할 적이 있습니다. 바로 우리 몸속에 기생하며 세력을 키우는 벌레입니다. 사자의 몸속에서 자라난 벌레에게 결국 백수의 왕 사자는 잡아먹힙니다. 《범망경》

나를 당할 자는 없다는 교만에 사로잡혀 마음공부에 게을러지면 끝내 무너지고 마는 것도 유념해야 합니다.

여린 사슴을 쫓더라도 커다란 코끼리를 쫓더라도 최선을 다하는 사자처럼 당신의 하루하루도 그렇게 이어지기를 바랍니다. 그리하면 어느 사이 당신의 말씀은 사자후가 되고 당신의 자리는 사자좌가 되어 있을 것입니다. 그날이 올 때까지 정진하고 성찰합시다. 사자처럼.

지혜를 갖춘 사람은
어디를 가더라도 누구를 상대하더라도
겁을 먹거나 위축되지 않습니다.
당당하고 품위가 있어 상대를 압도합니다.
마치 '소리에 놀라지 않는 사자'처럼
되는 것이지요.

호랑이

그 따뜻한 용맹심

호랑이여! 호랑이여!

어둔 밤 숲속에서 활활 타오르는 호랑이여!

그 어떤 불사不死의 손이나 눈이

소름 돋을 만큼 균형 잡힌 네 몸을

감히 빚어냈는가?

윌리엄 브레이크 'The Tiger' 중에서

굶주린 어미 호랑이

아무리 생각해 봐도 그때 무슨 정신이었는지 모르겠습니다. 나는 이레 전 새끼 일곱 마리를 낳은 참입니다. 녀석들은 나오자마자 본능적으로 젖을 찾았습니다. 하지만 안타깝게도 젖은

단 한 방울도 나오지 않았습니다. 나는 몇 날 며칠을 아무것도 먹지 못했습니다. 정신을 까무룩 놓쳐 버리는 일도 일어났습니다.

호랑이는 모든 동물이 두려워하는 맹수입니다. 사납고 잔인하고 재빠르고도 유연하고 뒷다리로 우뚝 설 때면 그 큰 몸집에 밀림의 모든 동물이 겁에 질려 움쭉달싹 못하지요. 밤에도 낮과 다름없이 활동하고 헤엄도 잘 쳐서 물에서도 끄떡없습니다. 이런 호랑이가 만약 몇 날 며칠을 아무것도 못 먹고 굶주려 있다고 생각해 보십시오. 굶주린 호랑이는 아마 세상에서 가장 난폭한 동물일 것입니다. 눈에 뵈는 게 없어지니 아무것이나 잡아먹으려 덤벼들기 때문입니다. 그런데 나는 지금 너무 굶주려 온몸의 힘이 다 빠졌습니다. 새끼 일곱 마리를 막 낳고서 굶주림에 죽어 가는 이 암호랑이 앞에 토끼가 나타난들 눈앞에서 먹이를 놓칠 게 빤합니다.

새끼를 위해서라도 무엇인가를 먹어야 한다는 생각이 강했습니다. 하지만 시간이 흐를수록 새끼들이 버거워졌고, 그 따뜻하고 꼬물거리는 생명체에 나도 모르게 침이 고였습니다. 그런데 멀리서 사람 발소리가 들려왔습니다. 젊은 남자들의 목소리도 섞여 들려왔습니다. 그들은 나를 발견하고는 흠칫 놀라는 눈치였지만 내 상태를 한눈에 알아본 모양입니다.

"저기 좀 봐라. 암호랑이가 새끼들을 품에 안고 쓰러져 있다. 그런데 아무것도 먹지 못한 모양이야. 분명 제 새끼라도 잡아먹겠어."

"형님, 호랑이는 평소 무얼 먹고 삽니까?"

"신선하고 따뜻한 살코기와 피를 먹고 사는 맹수란다. 죽거나 썩은 고기는 먹지 않아. 아주 위험한 동물이지."

저들의 대화를 들어 보니 세 남자는 형제이고, 호화롭고 의젓한 차림새로 봐서 한 나라의 왕자들임에 틀림없습니다.

"이 호랑이는 너무 오래 굶어서 얼마 살지 못할 것 같다. 그러니 운이 좋아 사냥감을 얻는다 해도 먹지도 못하고 죽을 것이다."

또 다른 목소리가 말했습니다.

"글쎄, 누군가 제 몸을 호랑이 입에 넣어주기 전에는…. 하지만 세상에서 가장 내주기 어려운 것이 자기 몸 아니겠어? 누가 이 굶주린 암호랑이에게 제 몸을 내주겠냔 말이야. 안타깝지만 그냥 굶어 죽을 수밖에 없는 신세네."

"중생이란 끔찍하게 제 목숨을 아끼는 법이지. 굶주린 생명을 위해 제 몸을 내어 주는 일은 보살들이나 할 수 있는 일이야. 자비로운 마음으로 중생을 위해 평생을 살아가면서 남을 이롭게 하려고 제 한목숨도 기꺼이 내놓는 사람이 바로 보살이거든. 우리 같은 보통의 사람은 꿈도 꾸지 못할 일이지만 말이다."

왕자들은 나를 한참 내려다보더니 떠나갔습니다. 먹잇감을 눈앞에서 놓쳤지만 어쩌겠습니까? 힘이 없어 몸을 일으킬 수도 없으니 말입니다. 왕자들 말처럼 이제 나는 죽을 일만 남았습니다. 그런데 그때 누군가가 되돌아왔습니다. 형제 중 가장 어린 왕자입니다. 그가 홀로 내게 돌아왔습니다. 무슨 일일까요? 내가 죽어 가는 걸 구경하기라도 하려는 것일까요?

어린 왕자는 뜻밖에 조용한 음성으로 말했습니다.

"이제 나는 가장 버리기 어려운 것을 버리려 합니다. 이 세상에 살아 있는 생명들은 너무나 가엾기 때문입니다. 이 행동으로 붓다의 깨달음을 구하고 지혜로운 이의 찬탄을 받고자 합니다. 온 세상 모든 생명이 나고 죽는 두려움을 넘어서서 행복하게 살고 모든 번뇌를 끊기를 바랍니다."

이렇게 말한 뒤 왕자는 내 옆에 누웠습니다. 마치 '나를 잡아먹으라'는 모습이었습니다. 사실 우리 호랑이들은 인간 고기를 그리 좋아하지 않습니다. 하지만 굶주린 암호랑이 옆에 누운 여린 인간의 몸은 누가 봐도 최고의 먹잇감이었습니다. 침이 고였습니다. 앞발을 들어 저 몸을 내리치면 따뜻하고 부드럽고 신선한 고기와 피를 먹을 수 있습니다. 그런데 어찌 된 일인지 꼼짝도 할 수 없었습니다. 이 어린 왕자를 차마 물어 죽일 수가 없었습니다. 내 먹잇감으로 삼기에 여린 몸에서 자비로운 기운이 넘쳐흘렀기 때문입니다.

내가 꼼짝하지 않고 바라만 보고 있자 왕자는 말했습니다.

"너무 기운이 없어 나를 잡아먹지 못하는구나. 아, 그래. 피 냄새를 맡으면 식욕이 일 거야. 그러면 즉시 나를 먹고 저 가여운 새끼에게 젖을 물릴 수 있겠지."

왕자는 자리에서 일어나 날카로운 대꼬챙이 하나를 찾아 집어 들고서 자기 몸을 찔러 피를 냈습니다. 그리고 피를 뚝뚝 흘리며 높은 곳으로 올라가더니 그곳에서 내 앞으로 몸을 던졌습니다. 비릿한 피 냄새가 진동하자 내 몸 어디에선가 힘이 솟구쳤습니다. 몸을 일으켜 흘러내린 피를 핥다 어느새 왕자의 살을 뜯어 먹고 이내 그 몸을 다 먹어 치웠습니다. 왕자의 몸은 금새 내 뱃속으로 사라졌지요.

그 순간 세상이 진동하고 어둠이 밀려오더니 향기로운 꽃비가 쏟아져 내렸습니다. 어디선가 왕자를 찬탄하는 소리가 들려왔습니다. 왕자는 남을 위해 자신을 희생하려는 소망을 품고 태어난 사람이고 이제 막 그 소망을 이루었다며, 고결한 보살행을 찬탄하는 노랫소리가 은은하게 울려 퍼졌습니다. 내가 왕자를 잡아먹었는데 이 무슨 조화인가요?

아무리 산 생명을 먹고 살아가는 호랑이라고 해도 나는 선뜻 이 어린 왕자를 잡아먹지 못했습니다. 차마 그 목숨을 빼앗을 수는 없었기 때문입니다. 하지만 품 안에서 일곱 마리 생명이 어미젖을 핥지 못해 점점 힘을 잃어 가는 판국이었습니다. 어미인 내가 굶주림을 이기지 못해 새끼를 잡아먹을지도 모를 일이었습니다. 바로 그때 이 어린 왕자는 제 몸을 내주었습니다. 나는 차마 먹지 못했지만 끝내 먹고 말았고, 내 몸에서 젖이 돌자 새끼들이 그제야 어미의 첫 번째 젖을 빨았습니다.《금광명경》

굶주린 내게 제 몸을 던져준 왕자를 보살이라 부릅니다. 보살은 붓다의 지혜(아뇩다라삼먁삼보리)를 구하면서 동시에 숱한 생명을 돕고 구제하는 일을 멈추지 않는 수행자이지요. 그렇다면 그런 보살을 희생시켜서라도 또 다른 작고 여린 생명을 살려야 하는 나는 무엇일까요? 기꺼운 보살행의 가피를 입고, 스스로는 살생이라는 악업을 지으면서까지 또 다른 생명을 지켜 내는 것이 호랑이의 운명입니다. 보살의 수행을 완성해 주고 중생을 살려 내니 나와 같은 호랑이는 중생 같은 보살이라 해야 할까요?

호랑이의 분노

호랑이는 맹수 중의 맹수지만 아무 때나 앞발을 들고 날카로운 이빨을 상대방 목에 꽂지 않습니다. 아주 사악하고 그악스러운 존재를 볼 때만 그렇습니다. 솟구치는 분노를 이기지 못해 응징하는 일은 호랑이의 특징입니다.

오래전 이런 일이 있었습니다. 히말라야산맥 자락에 훌륭한 스승이 제자 500명에게 학문을 가르치며 살아가고 있었습니다. 그런데 스승은 제자들의 학문이 완성되기 전에 세상을 떠나고 말았지요. 스승을 잃은 슬픔과 학문을 멈춰야 하는 안타까움에 몹시 당황한 제자들에게 자고새 한 마리가 날아와 말했습니다.

"괜찮다면 내가 여러분에게 계속 가르침을 들려 드릴까 합니다. 나는 스승님 곁에서 다 배웠거든요."

이후 제자들은 작은 새의 법문에 귀를 기울였습니다. 황금 새장에 황금 물그릇을 준비해 공양을 올리며 스승으로 깍듯하게 예를 갖추고 열심히 공부했습니다. 자고새에게는 동물 친구들이 여럿 있었는데, 특히 새끼 두 마리를 거느린 커다란 도마뱀과 사자, 호랑이와는 아주 각별한 사이였습니다. 자고새는 그들에게 진리를 전해 주며 마음공부를 인도했지요.

어느 날 마을에 큰 축제가 열리자 제자들은 도마뱀에게 스승인 자고새를 잘 부탁한 뒤 마을로 내려갔습니다. 텅 빈 수행처에 고행자 차림의 낯선 사내가 찾아들었습니다. 도마뱀은 그를 따뜻하게 맞아들이며 말했습니다.

"수행자시여, 저곳에 쌀이 있으니 밥을 해 드시면 됩니다. 저는 잠시 나갔다 올 테니 편하게 머무십시오."

도마뱀이 수행처를 비우자 남자는 쌀밥을 지어 먹고선 도마뱀 새끼와 자고새까지 잡아먹어 버렸습니다. 그리고 한껏 부른 배를 두드리며 깊은 잠에 빠졌지요. 곧이어 돌아온 도마뱀은 끔찍한 살육의 현장을 목격하고 큰 충격을 받았습니다. 복수를 생각했지만 인간이란 워낙 잔인한 존재이기에 자칫하다 자신마저도 죽임을 당할 것 같아 그 길로 멀리 도망쳤습니다.

마침 그때 사자와 호랑이가 친구인 자고새 안부가 궁금해 찾아왔습니다. 하지만 그들 눈앞에 펼쳐진 것은 살벌한 살생의 현장이었습니다. 호랑이는 즉시 사내를 깨워 추궁했는데 그는 발뺌했습니다. 호랑이는 분노를 참을 수 없었습니다.

"죽여 버리겠다."

그런데 사자가 말렸습니다.

"이 자를 멀리 쫓아 보내자."

호랑이는 그럴 수 없었습니다. 어질고도 현명한 자고새와 가여운 동물들을 무자비하게 잡아먹고도 발뺌하는 행태를 용서할 수가 없었지요. 호랑이는 결국 사내에게 덤벼들어 그를 물어뜯은 뒤 깊은 구덩이를 파서 그 속으로 던져 버리고 말았습니다. 며칠 뒤 돌아온 제자들은 현명한 자고새가 보이지 않자 그길로 모두 흩어지고 말았습니다. 사자는 사리불존자의 전생이고, 호랑이는 목련존자의 전생이라고 합니다. 《자타카》

호랑이의 분노를 어떻게 생각하십니까? 사자처럼 그저 멀리 쫓아 버리는 것이 나았을까요? 아니면 선하고 어진 이를 죽인 죗값을 치르게 하느라 살생을 저지르는 것이 타당했을까요?

우리들 호랑이를 산에서 만난 사람은 백이면 백, 모두가 그 자리에서 얼어붙고 그러다 절명하고 맙니다. 우리가 어떤 공격을 하지도 않았는데도 말이지요. 호랑이에게 물려 가도 정신만 차리면 산다는 속담이 있지 않나요? 이 말은 호랑이가 무조건 잔인무도하게 사람을 물어 죽이는 동물은 아니라는 뜻도 됩니다.

지금이라도 우리를 만나고 싶다면 절에 가 보시기 바랍니다. 절 벽화 어디선가 우리는 다소 우스꽝스럽지만 순한 모습으로 수행자의 곁을 지키고 있습니다. 중생의 마음으로는 도저히 닿을 수 없는 고결한 깨달음의 경지와 살기 위해 약한 자를 짓누르고 강한 자에게 아부하며 양심을 파는 세속의 경지 그 중간에 우리들 호랑이는 자리합니다. 힘을 가졌으나 함부로 부리지 않고 진리 앞에서는 그 용맹함을 다소곳하게 내려놓습니다. 사악하거나 강한 자를 상대할 때는 온 힘을 다 쓰며 무시무시한 맹위를 떨치지만, 그 결기 속에 깃든 따뜻하고 순한 성품이 흰 수염을 길게 내린 깊은 산 속 수행자와 잘 어울린다고들 합니다. 호랑이의 기운으로 거친 세상을 성큼성큼 건너가시기 바랍니다.

코끼리

내 등에 가장 귀한 것을 얹습니다

코끼리는 온몸을 돌려서 앞을 보고 곧바로 보며,
목을 돌려 여기저기를 흘깃 보지 않는다.
그처럼 수행자는
온몸을 기울여서 앞을 보아야 하고
좌우를 흘깃거리거나 고개를 쳐들어 위를 보거나
고개를 숙여 아래를 보아서는 안 되고
멍에의 폭만큼의 앞을 보며 걸어야 한다.

《밀린다왕문경》 중에서

숲속에서 붓다와 호젓하게

그날도 나는 정신이 사나웠습니다. 신선한 풀을 먹으려 하면 다른 코끼리들이 먼저 먹어 치우거나 짓밟아 버리고, 물을 마시려 하면 어느 사이 저들이 풍덩 물속으로 뛰어들어 흙탕물을 만들어 버립니다. 암코끼리들이 경쟁하듯 몸을 부딪쳐 왔고 새끼 코끼리들은 내 다리 사이를 오가며 장난칩니다. 무리를 지어 다니는 코끼리의 습성상 이런 일은 다반사이나 그날따라 그 모든 것이 버거워졌습니다.

나는 슬그머니 무리에서 벗어났습니다. 동료 코끼리들은 그런 나를 잠깐 바라보았지만 관심을 두지 않더군요. 나는 숲속으로 천천히 들어갔습니다. 빠릴레이야카 숲에는 키 큰 나무들이 뜨거운 태양을 가려 주어 서늘한 기운에 정신이 맑아졌습니다. 부드럽고 서늘한 흙과 풀을 밟으니 기분이 좋아집니다. 어디선가 물소리가 들립니다. 가까운 곳에 개울이나 작은 폭포가 있는 게 틀림없습니다.

나는 물소리가 나는 곳으로 다가갔습니다. 그런데 이미 그곳에는 누군가가 있었습니다. 사람입니다. 성가시게 느껴져 몸을 돌려 피하려 했습니다. 그 사람은 내 발소리를 들었을 텐데 나를 경계하지 않았습니다. 물소리, 새소리, 바람 소리에 몸과 마음을 모두 내맡긴 듯 아주 편안해 보였습니다. 그 모습에 이끌려 천천히 다가갔습니다.

깜짝 놀랐습니다. 그는 바로 석가모니 붓다였습니다. 인간의 왕들조차도 그 앞에서 공손히 합장하고 가르침을 청하는 분입니다. 아침 일찍 숲속 멀리서 붓다를 본 적이 있습니다. 적게는 한두 명에서 많게는 수십, 수백 명의 제자들이 늘 그 뒤를 따르고 있었지요. 그런데 수많은 제자 무리는 어디에 있는지 붓다 홀로 깊은 숲속 살라 나무 아래서 참선에 들어 있습니다.

그 고요한 풍경이 좋았습니다. 나무 아래 앉아 있는 붓다를 보는 것만으로 성가시고 짜증이 잔뜩 일어났던 마음이 가라앉습니다. 숲속의 소리는 어디선가 일어났다가 내 귀를 스치고 사라집니다. 모든 것이 고요하고 고즈넉했습니다. 수많은 코끼리 무리를 떠나 숲속으로 들어온 나는 붓다 곁에서 쉬기로 했습니다.

얼마나 오래 멈춰 있었을까요? 붓다가 서서히 몸을 움직입니다. 참선에서 깨어나는 것 같습니다. 나는 조용히 호숫가로 가서 코로 물을 떠서 붓다에게 올렸습니다. 붓다는 살짝 온화한 미소를 지으며 내 코에서 물을 받아 마시고 남은 물로 두 발을 씻었습니다. 참선을 오래 하고 나면 몸을 일으켜 천천히 걸어야 합니다. 굳어진 몸을 풀어 주고 마음에도 신선한 바람을 쐬어 주는 것이지요. 이걸 경행이라고 합니다. 붓다가 경행하려 몸을 일으키자 나는 그분이 앉아 있던 자리를 매만졌습니다. 참선하기에 적당히 부드럽고 적당히 푹신하도록 풀을 준비했고 행여 붓다 몸에 상처를 낼 날카로운 풀이 있지는 않은지 세심하게 살폈습니다.

훗날 사람들이 하는 이야기를 들었습니다. 그 숲속에 붓다가 홀로 와서 머문 이유는 코삼비에 살고 있는 제자들 때문이라는 겁니다. 제자 한 사람이 계율을 어겼는데 그 문제를 두고 제자들이 옥신각신했고 소란이 끊이지 않았다는 것입니다. 결국 제자들은 두 무리로 갈라졌고, 다툼은 점점 커지고 격해져 갔습니다. 그들은 마을 사람들이 보는 앞에서 몸싸움까지 벌였다고 합니다. 스승이신 붓다가 달려가서 다투지 말고 잘 화합하라 간곡하게 일렀지만, 제자들은 오히려 "우리 문제는 우리가 알아서 하겠으니 세존께서는 참선이나 계속하십시오."라고 말했다지요.

구도의 길을 걷는 이들이 상대방을 비난하는 데 정신이 팔려 자신들이 존경해 마지않는 스승을 모욕했습니다. 부처님 마음은 어땠을까요? 당신께서 간곡하게 조정했지만 저들이 마음을 열지도 돌이키지도 않자 붓다는 조금도 망설이지 않고 다음 단계로 나아갔지요. 바로 '홀로 가는 일'이었습니다. 제자들의 존경을 바라서 붓다가 되지는 않았습니다. 저들이 무조건 당신의 말에 무릎 꿇기를 바라서 승가를 꾸리지는 않았습니다. 저들은 저들의 길을 가면 되는 것이고, 붓다는 또 붓다의 삶을 계속 살면 되는 것이었습니다. 그래서 말려도 듣지 않고 갈등을 끝없이 일으키는 제자들을 내버려두고 숲으로 들어오신 붓다는 훗날 이런 시를 남겼습니다.

> 수레나루처럼 큰 상아를 지닌
> 코끼리 왕과 용왕,
> 그들의 마음은 서로 일치하니
> 숲속에서 홀로 있음을 즐긴다.
>
> 《마하박가》

이 시에서 코끼리 왕은 바로 나를 가리키고 용왕은 세속에서 붓다를 찬탄하며 일컫는 별명입니다. 깊은 숲속에서 코끼리 왕인 나와 용왕인 붓다는 서로 마음이 잘 맞았습니다. 물과 우유가 어우러지듯 그렇게 화목했지요. 무리에 얽매이지 않고 호젓하게 즐기니 이보다 더 큰 행복도 없습니다. 붓다는 그 홀가분함을 이렇게 노래한 것입니다. 마음에 맞는 친구를 얻지 못했다면 세상을 비관하지 말고 주눅 들지도 말고 무소의 뿔처럼 혼자서 가라는 저 유명한《숫타니파타》시구를 알고 계시지요? 그 시와도 통하는 내용입니다.

나는 숲속의 과일을 코로 따서 붓다에게 하루 한 번씩 공양을 올렸고, 코로 물을 길어서 올렸습니다. 붓다는 즐거운 표정으로 나의 공양을 행복하게 받았습니다. 식사를 마친 뒤 자리에서 일어나 소화시킬 겸 걸음을 옮길 때면 나도 붓다의 뒤를 따랐습니다. 그러다 다시 나무 아래 참선하려고 앉으면 나는 한발 앞서 자리를 살폈고, 내가 물러서면 붓다는 다정하게 바라본 뒤에 그 자리에 앉았습니다.

그리고 편안하고 조용하고 여유롭고 행복하게 우리 둘은 침묵의 시간 속에 머물렀습니다. 그렇게 한동안 나와 함께 고즈넉한 숲속 생활을 즐기던 붓다는 사람들의 마을로 내려갔습니다. 붓다는 사람 속에 있어야 하는 존재이기 때문입니다. 사람들을 만나 그들의 이야기를 듣고 그들에게 이야기를 들려주는 이가 붓다입니다. 붓다께서 떠나신 뒤 나 역시 무리가 기다리는 곳으로 돌아갔습니다. 그들을 거느리고 살아야 하는 것이 나의 임무이기 때문입니다.

산다는 것은 관계 속에서 지내는 일입니다. 관계는 나를 살게 해주는 힘이 되고 내가 기댈 언덕이 되지만 자주 나를 피곤하고 지치게 만들기도 합니다. 무리 지어 다니는 코끼리조차도 이렇게 숲속으로 홀로 들어와 여유를 되찾고, 사람들에게 온전한 기쁨과 해탈의 경지를 들려주고자 원을 세운 붓다조차도 이렇게 숲속에서 홀로 한가한 경지에서 노닙니다. 이따금 관계에서 과감히 벗어나도 괜찮습니다. 관계가 나를 힘들게 하면 그렇게 해야지요. 그래야 힘을 얻어 다시 세상 속에서 잘 지낼 수 있습니다.

보현보살이 코끼리를 타는 까닭

이따금 생각합니다.

"대체 우리 사는 이 세상에 붓다라는 존재는 무슨 의미가 있을까?"

붓다라는 이름에는 눈을 뜬 자, 깨달은 자, 깨어난 자라는 뜻이 담겨 있습니다. 세상을 살아가는 숱한 사람들은 아직 눈을 제대로 뜨지 못하고 깨어나지 못했기 때문에 희로애락에 울다 웃고, 습관대로 생각하고 행동합니다. 그러다 원하는 것이 이뤄지지 않거나 원하는 것과 정반대의 결과가 찾아오면 또 거기에 당황하고 억울해 하고 몸부림치며 벗어나려 하거나 더 굳게 집착해 버립니다.

붓다는 그러지 않는 사람입니다. 눈을 떴기 때문에 세상이 왜 이렇게 돌아가고 있는지 그 원리를 파악하였고, 그래서 설령 내 뜻대로 되지 않아도 일희일비하지 않고 담담합니다. 해야 할 일은 하지만 할 필요가 없거나, 해서 자신을 힘들게 하고 그릇되게 나아가게 하는 일은 하지 않습니다. 그 속에서 고요한 기쁨을 챙기고 온전하게 한순간을, 하루를, 한 달을, 한 해를, 일생을 마칩니다.

절에 다닌다는 것, 불교 신자가 된다는 것은 바로 이런 붓다에게 나아가 살아가는 방식과 생각하는 방법을 배우고 그에 따라서 살아가는 것을 말합니다.

붓다는 말합니다.

"왜 나한테 와서 무릎을 꿇고 엎드려 빌고 있습니까? 내가 그

소원을 다 들어줄 것이라 믿고 있습니까? 빌지 마십시오. 대신 지금의 나와 똑같은 지혜를 얻을 수 있도록 도와 달라고 청하십시오."

붓다는 말합니다.

불상 앞에 엎드려 비는 당신은 바로 붓다 자신과 똑같은 지혜와 행복을 갖출 능력을 지니고 있다고요. 그런데 자신에게 들어 있는 그 능력을 키워 스스로 완성하려 생각하지 않고 왜 남(붓다)에게 행복하게 해 달라 빌고 있느냐고요.

이런 이야기가 담긴 경전이 있습니다. 바로 《묘법연화경》이지요. 이 경전에서 붓다는 아예 대놓고 말합니다.

"붓다가 이 세상에 출현한 이유는 딱 하나이니, 이 세상에 살고 있는 모든 생명이 붓다 자신과 똑같은 붓다가 되도록 인도하기 위해서입니다."

이렇게 말을 하지만 여전히 사람들은 고개를 젓습니다.

"아뇨. 난 부처 될 생각 없습니다. 나 같은 중생이 어떻게 감히…."

제발 이런 생각을 더이상은 하지 말라고 경전에서 거듭 말합니다. 붓다가 되려는 것은 '감히' 해서는 안 될 건방진 생각이 아닙니다. 오히려 "됐거든? 난 그냥 이대로 살 거야."라고 생각하는 것이 교만 중에 가장 무거운 교만이라는 것입니다.

붓다의 구제를 받기 위해 불교 신자가 되는 것이 아니라 붓다가 되기 위해 마음공부를 하는 것입니다. 《묘법연화경》은 처음부터 끝까지 그것을 강조하는 경입니다. 당신은 중생으로 끝날 운명이 아니라 부처가 될 운명이라고 말이지요.

붓다가 이렇게 말하자 보현보살이라는 아주 거룩하고 훌륭한 구도자가 한걸음에 달려옵니다. 그는 크게 감동을 받은 듯합니다. 그리고 이렇게 맹세하지요.

"먼 훗날, 부처님이 계시지 않는 어지러운 세상에서 이 《묘법연화경》을 공부하고 마음에 잘 간직하는 사람이 있다면 제가 그 사람이 안락하게 살아갈 수 있도록 곁에서 지키고 돌보겠습니다. 이 사람을 괴롭히려고 다가오는 이가 있다면 얼씬도 하지 못하도록 하겠습니다. 이 사람이 거닐거나 서 있으면서 이 경을 읽고 외우면, 저는 그때 상아가 여섯 개 달린 흰 코끼리에 올라 여러 큰 보살들과 함께 찾아와서 그를 지키고 보호하고 공양 올리며 편안하게 해주겠습니다. 그 사람이 앉아서 이 경을 깊이 생각할 때에도 나는 흰 코끼리를 타고 그 사람 앞에 나타나겠습니다. 그리하여 그 사람이 행여 《묘법연화경》의 한 구절이나 게송 한 자락을 잊어버리면 제가 그것을 일러 주어 함께 독송하고 환히 뜻에 통달하게 하겠습니다."

보현보살은 행(行, 서원을 세우고 실천하는 일)을 상징하는 위대한 존재입니다. 그런데 그런 훌륭한 보살님이 다른 누구도 아닌 코끼리를 타고 지상에 오겠다는 맹세는, 같은 코끼리인 저로서도 참으로 감동입니다. 뿌듯하기 이를 데가 없지요.

우리들 코끼리는 이렇게 신성한 존재입니다. 특히 흰 코끼리는 인도를 비롯한 동남아시아에서 권력과 행운을 상징합니다. 흰 코끼리가 나타난 곳은 현명하고 훌륭한 지도자가 다스리는 나라를 상징하며, 흰 코끼리가 있는 곳은 번영한다고 믿고 있습니다. 그래서 미얀마 군부 지도자는 밀림에서 흰 코끼리를 잡아오도록 명령했고, 세 마리 흰 코끼리를 포획한 뒤 절 한 곳에 가두었습니다. 그곳은 일종의 성지가 되어 수많은 사람이 참배했다고 합니다. 물론 그 지도자가 권력을 잃자 흰 코끼리 역시 숭배의 대상에서 애물단지로 전락해 버렸다는 서글픈 일도 전해집니다. 《동물은 전쟁에 어떻게 사용되나?》 이런 에피소드는 아주 오래전부터 인도와 동남아시아 사람들 사이에 굳건히 자리 잡고 있던 흰 코끼리를 향한 경외심에서 유래한다고 할 수 있습니다.

석가모니 붓다가 도솔천에서 마야 왕비의 태에 깃들 때도 흰 코끼리가 마야 왕비의 오른쪽 옆구리로 들어왔다고 경전에서는 묘사합니다. 코끼리의 탄탄하고 넓적한 등에 귀한 것을 실어 운반한 까닭에 이런 태몽이 나온 것이라 봐도 좋습니다. 코끼리 등에 흔하고 값어치 없는 것을 실을 리 없습니다. 귀한 것, 왕가에나 어울릴 법한 것을 싣고 나릅니다. 그래서 코끼리는 대를 잇는 것, 그것도 왕가의 대를 잇는 것을 상징합니다. 석가모니 붓다가 도솔천에서 내려와 석가족의 왕자로 태어난 것은 석가족의 대를 잇는 일이기도 하면서 과거 부처님들의 계보를 잇는 일이기도 합니다.

《묘법연화경》 이야기로 돌아가 볼까요? 붓다가 없는 세상에서 자칫 《묘법연화경》은 의심을 받고 홀대당할 수 있습니다. 바로 그 자리에 보현보살이 우리들 코끼리를, 그것도 온몸이 새하얀 코끼리를 타고 나타납니다. 《묘법연화경》에 담긴 말은 사실이요 진실임을 증명하기 위해서입니다. 경전만 있어서는 소용이 없습니다. 열심히 읽고 그 뜻을 음미하고 사색하고 실천하는 사람이 있어야 합니다. 그래야 진리가 끊어지지 않습니다. 붓다 말씀의 맥이 끊어지지 않고 후대로, 후대로 이어질 수 있습니다. 그런 까닭에 그 경전을 읽고 외는 사람을 보호하기 위해 다른 동물이 아닌, 우리들 코끼리를 타고 보현보살이 나타난다는 것이지요.

흰 코끼리를 타고 있는 보현보살상을 이제는 이해하시겠지요. 지금 경전을 펼치고 있다면 조용히 눈을 감고 신경을 한데 모아 보십시오. 가까운 곳 어딘가에 보현보살의 기척이 느껴지지 않나요? 틀림없습니다. 왜냐하면 보현보살을 태운 내가 당신을 가만히 바라보며 응원하고 있기 때문입니다.

먼 훗날, 부처님이 계시지 않는 어지러운 세상에서 『묘법연화경』을 공부하고 마음에 잘 간직하는 사람이 있다면 제가 그 사람이 안락하게 살아갈 수 있도록 곁에서 지키고 돌보겠습니다. 그 사람이 거닐거나 서 있으면서 이 경을 읽고 외우면, 저는 그때 상아가 여섯 개 달린 흰 코끼리에 올라 여러 큰 보살들과 함께 찾아와서 그를 지키고 보호하고 공양 올리며 편안하게 해주겠습니다.

본문 속 숨은 책들

《맛지마 니까야》《쌍윳따 니까야》《앙굿따라 니까야》 등 초기 경전은
한국빠알리성전협회 간행(전재성 역주)본을 참고 인용하면서 내용을 각색했습니다.
그 밖의 경전은 동국역경원본을 참고하였습니다.

《중세 동물지》
작가 미상, 주나미 옮김, 오롯, 2017

《100가지 동물로 읽는 세계사》
사이먼 반즈 지음, 오수원 옮김, 현대지성, 2023

《베르나르 베르베르의 상상력 사전》
베르나르 베르베르 지음, 이세욱 · 임호경 옮김, 열린책들, 2011

《고로 나는 존재하는 고양이》
진중권 지음, 천년의 상상, 2017

《한 사람의 마을》
류량청 지음, 조은 옮김, 글항아리, 2023

《토끼와 잠수함》
박범신 지음, 문학동네, 2015

《곰에서 왕으로-국가 그리고 야만의 탄생》
나카자와 신이치 지음, 김옥희 옮김, 동아시아, 2005

《사육과 육식》
리처드 W. 불리엣 지음, 임옥희 옮김, 알마, 2008

《동물은 전쟁에 어떻게 사용되나?》
앤서리 J. 노첼라 2세 · 콜린 설터 지음, 곽성혜 옮김, 책공장더불어, 2017

숲속 성자들

경전 속 동물 마음 엿보기

초판 1쇄 발행 2024년 2월 20일

지은이 이미령

펴낸이 오세룡
편집 여수령 허 승 정연주 손미숙 박성화 윤예지
기획 곽은영 최윤정
디자인 고혜정 김효선 최지혜
일러스트 임아랑
홍보·마케팅 정성진

펴낸곳 담앤북스
서울특별시 종로구 새문안로3길 23
경희궁의 아침 4단지 805호
대표전화 02)765-1250(편집부) 02)765-1251(영업부)
전송 02)764-1251
전자우편 dhamenbooks@naver.com

출판등록 제300-2011-115호

ISBN 979-11-6201-424-0 (03810)
정가 16,800원